ウェルターとわたし

叶 俊平

三省堂書店
創英社

一

わたしが通っている小学校の屋上でのお昼休みのことだった。

「これは本当のことなのよ」と小夜《さよ》ちゃんが真剣な顔で言った。

〈そんなことはあり得ないわ、きっとまた、あなたが作ったお話をしているんじゃないの〉

といつもなら言うのに、その日のわたしには言えなかった。今日は違う感じなのだった。

「真泉神社なら、今朝もその前を通ったけれど何も変わったことはなかったわよ」とわたしは言ってみた。

「奥の方までちゃんと見たの？」

「そう言われると困るけど……」

「その子、いつもあそこにいるとは限らないけどさ。でも土曜日にはいたんだからね」と小夜ちゃんは強調した。

真泉神社はわたしが学校への行き帰りに通る巾3メートルほどの市道に面した古い小さなお社だった。間口もせまく、とりたてて目立つ神社ではなかった。それに朝の通学途中では、そんなところに目を配ってなどいられない。

小夜ちゃんの話というのは、一昨日《おととい》の土曜日の午後、その神社で妖精に出会ったというのである。

妖精なんてディズニーのアニメとか、北欧の民話に出て来る空想上の生き物だとわたしは思っていたから当然信じなかった。こんな科学が進歩発達した時代にだれが妖精の存在など信じるだろうか。小夜ちゃんがいかにわたしの親友だからといって、また本当に真面目《まじめ》な顔でわたしを正面からまばたきもせずに見て言ったからといって、やはり信じられなかった。そして、もう1つ、理由をあげるとしたら、小夜ちゃんはもともと自分でお話しを作るのが大好きな小学5年生の女の子であり、またそれが上手だったからだ。

「信じてくれないみたいね。それが当たり前かもしれないけれど。それじゃ、今日、学校が終わってからいっしょにそこに行ってみる?」

と小夜ちゃんが聞いた。

「うん、行ってみよう」とわたしはすぐに答えた。

もっとくわしい話を聞いてみたかったのだ。と言っても小夜ちゃんのうそをあばいてやろうというたくらみなどさらさらなかった。

午後の授業開始5分前のチャイムが鳴って、屋上で遊んでいた7、8人がぞろぞろと塔屋口に向かった。わたしも小夜ちゃんと一緒に柵ぎわを離れた。

二

3時に授業が終わると、わたしは小夜ちゃんと真泉神社に向かって校門を出た。

4月も半ばを過ぎて、ようやく暖かくなりかけていたが、時々吹いてくる風はやはり冷たかった。小夜ちゃんがたまにせきをするのがちょっと気になった。

「もっと暖かい日にしてもいいんだよ」とわたしは言った。

「大丈夫、平気平気」と小夜ちゃんは気にとめなかった。

道々、小夜ちゃんは自分が見た妖精の話をし出した。

身長は10センチぐらい、黄色いハットを被り、瑠璃《るり》色のブラウスとズボン、そして黄色いガウンをまとっており、背中に羽根はなかったという。そして手には小さなタクトのような棒をにぎっていた。ハットのリボンには赤い花もさしてあったらしい。妖精は男の子だった。それで、わたしは変な気がした。妖精って女の子ではなかったかしらと思った。丸顔で目も鼻も口もしっかり整っていたという。

小夜ちゃんはすらすらとよどみなく説明した。目の前にその姿を浮かべうっとりした様子だった。

そして驚いたことにその妖精にはもう名前までつけていたのだ。

「ウェルター。わたしはその子をウェルターと呼ぶことにしたのよ」と小夜ちゃんは言った。

「なによそれ。そんな勝手に名前なんてつけてはいけないんじゃないの」とわたしは抗議した。

「その男の子が言ったのよ。ぼくに名前をつけてくれって」

「その子、日本語を話すの?」

「うん。もう1年近く日本にいるんだって。それでペラペラになったみたいよ」

この名付けには小夜ちゃんのお父さんも関わっていた。

小夜ちゃんのお父さんは大学の准教授で専門はドイツ文学なのだが、土曜日の夜、その妖精の話をすると、お父さんが「その子、ウェルテルみたいだな」と言ったのだそうだ。

何でも18世紀末のドイツの作家にゲーテという人がいて、その人が書いた『若きウェルテルの悩み』という小説があり、この妖精の服装がなんとなく小説の主人公のウェルテルを連想させるというのだった。でもウェルテルじゃ呼びにくいなと言うと、英語読みでウェルターにすればいいんじゃないかとお父さんは提案したのだった。

「それで決まりよ」と小夜ちゃんは言った。

「だからその報告のためにも近い内にどうしても会わなければならないの」と小夜ちゃんは付け加えた。

わたしはまだ半信半疑だった。というよりほとんど信じてはいないと言った方がよかった。

「あなたがもっといい名前を思いついたなら変えてもいいよ」と小夜ちゃんは笑った。

わたしにそんなこと思いつくはずもなかった。

「でも、その妖精、なぜ日本にいるんだろう」わたしは率直に尋ねた。

「人捜しなのよ」

「人捜し?」

「うん、ある人をずうっと捜し続けているんだって」

「それは誰なの?」

「それは本人もはっきりとはわかっていないみたいなの。その人に会って初めてわかるんだって」

「おかしな話ね。そんなのってあるかしら」

「とにかく、協力してほしいんだって。その子、沖縄から始まって、熊本、広島、岡山、京都、福井とめぐってきて、そのどこでも見つからなかったんだって」

「それで石川の金沢にやってきたってわけか」

「うん、ここで見つからなければ今度は富山に行くらしいわ」

「ふーん」

「でもね、その捜している人、もうかなりのお年寄りで亡くなってしまえば、もうおしまいなんだって。泣きそうな顔をしてそう言うのよ」

「それはどういう意味なの」

「わからない。今度はあなたから聞いてみてよ」

こんなふうに話を進めるとウェルターと名付けられた妖精が本当に実在するように思えてくる。でもわたしはまだやはり信じなかった。というより信じられなかったのだ。なんだか話がうまくできすぎているし、うちのクラスの優等生の高部直樹君になんかにでも話したら、きっと馬鹿にされるだろうと思った。

三

　真泉神社にはだれもいなかった。ここには以前来たことがあっただろうか。ずうっと昔、わたしが幼稚園に通っていた頃、お父さんとの散歩のついでに、ちょっと立ち寄ってみたような記憶がある。

　小さな鳥居があり、巾1メートルにも満たないコンクリートの参道がまっすぐ奥の社まで伸びている。鳥居の側には小さな手水鉢《ちょうずばち》もあり、ビニール製のパイプから鉢の中にちょろちょろと水が流れ込んでいる。その微かな音がしきりに聞こえていた。参道の両側には榊の木がびっしり地面が見えないくらい生えていた。見た目にもきちんとしているのは、だれかが手入れをしているのかもしれなかった。

　先に立って両側の狛犬《こまいぬ》、そして拝殿の方々を眺めまわしてから、「ウェルターはここに座っていたのよ」と、小夜ちゃんは社の段を指差した。「今日はいないみたいね」とさらに社の内側や屋根にも視線を配った。

　社の造りはすべてがこぢんまりとしていて、木肌は長い歳月を経てざらざらしているが、構造はがっちりしている。

「あの子、いったいどこに行ったんだろう」

小夜ちゃんとわたしは妖精が座っていたという段に並んで腰を降ろした。神様にお尻を向けるなんてはしたない気もしたけど、この小さなお社では、失礼してそうする以外、腰を下ろすところがない。見上げると社の両側にある楠と椎の木の枝が屋根から前に張り出していた。

そして、ふと前方の遠くを見ると、そこに1軒の2階建ての家が見えた。

「あれっ、あれは小夜ちゃんの家じゃなかったっけ」

「そうなのよ」小夜ちゃんが答えた。

神社のあたりには民家が立て込んでいたが、通りを挟んでちょうど、社の向かい側に空き地が一区画あり、その後ろに畑があって、そのまた向こうに小夜ちゃんの家が見えるのだった。そしてその2階の小夜ちゃんの部屋の窓はほぼこの神社と向き合っているのである。

「土曜日の午後、カーテンを開けて畑を見降ろしていると、前方で何かが光ったのよ。初めは日光が何かに反射してるのかなと思ったんだけど、続けて2回、3回と光るでしょ。それがどうも真泉神社の内側かららしいので不思議に思って来てみたら、ウェルターがいたってわけ」

「ふーん。でもよくすぐに信じられたね。妖精なんて実在しないと思ってたでしょ」

「あなたはまだ信じていないみたいね」小夜ちゃんは不服そうだった。「でも会えば絶対に信じるわ。それにしても、せっかく名前はつけたのに相手に教えなければ呼ぶこともできないのね。名前がないって不便なものね」

「わたし流に呼んでみようか」

「どう言うの？」

「おおい、妖精ー」わたしは声を張り上げた。

「わたしも呼ぼおうっと。おおい、妖精ー、おおい、妖精君ー」

もう一度2人で声を合わせて呼んでみたが、何の反応もなかった。

四

翌日、小夜ちゃんは学校を休んだ。担任の笈川真澄《おいかわますみ》先生によると風邪で熱があるそうだった。

そしてその翌日も小夜ちゃんは休んだ。それで、わたしはその日に出された宿題プリントを下校時に届けるように笈川先生に頼まれた。それでなくとも、今日は小夜ちゃんの様子を聞きに行くつもりだった。

　呼び鈴を押すと小夜ちゃんのお母さんがドアを半びらきにして顔を見せた。若くきれいな人だ。

「あら、五月《さつき》ちゃんね」

「小夜ちゃんの具合はどうですか」

「それがね、インフルエンザらしいのよね。もうしばらくお休みしなければならないわ」

「そうですか」

「本当は中に上がって小夜を見舞ってほしいんだけど、うつるといけないしね、ごめんなさいね」

「これ、今日出た宿題のプリントです。小夜ちゃんに渡してください」とわたしは大型の茶封筒をお母さんに渡した。

　ちょうどその時だった。家の中、2階の方からから「堀川さん」とわたしを呼ぶ声がした。当然、声だけだった。

「小夜ちゃん、早く元気になってね」とわたしは大声で言った。

「あのねー、今日また神社の方で光ったわ。ウェルターがいるみたいよ」小夜ちゃんはマスクでもしているのか声がこもっている。

「あの子、何を言っているのかしら、また熱が出たのかしらね」お母さんが独り言のように言った。

わたしは「大事にしてね」と2階に向かって言い、お母さんには「どうもおじゃましました」と言って、そのまま真泉神社の方へ足を向けた。

隣にある畑には菜の花が植えられている部分があって、そこには2羽のモンシロチョウが舞っていた。

急ぎ足で神社に来たのだが、そのかいがなかった。神社は相変わらずひっそりとしていて変わった点はまったく見当たらなかった。

「おおい！」と呼んでみた。すると驚いたことに拝殿の後ろから1人のおばあさんが出て来た。髪が真っ白で、細面で、背筋が伸びてとても品がある。

「何か御用？」その人は尋ねた。

わたしはどぎまぎして「いえ……」と答えるしかなかった。

「お祈りしたいの？」その人が言った。

「いえ、実はわたしの友達がここで妖精に会ったと言うんです」

わたしは勇気を出して言った。

「ようせいって何、フェアリーのこと」おばあさんは英語を使った。

「あのピーターパンに出て来るティンカーベルみたいな」

「ああ、あの妖精なのね」

「ここにその妖精がいるでしょうか」

「あなた小学何年生なの」

「5年生ですけど」

「5年生でも妖精がいるって信じられるのって素晴らしいわね」

普通なら、こんな言い方をされると、むっとするのではないだろうか。「あなたまだそんな幼いの」と言われるのと同じだからだ。しかし、このおばあさんのような言い方をされると、とても怒る気にはなれない。

「やはり、いないんでしょうか」

「わたしは90年生きているけれど、まだ残念ながら出会ったことはないわね」とおばあさんは笑った。

この人、90歳なのか、でもとてもそんなお歳には見えない。

その時、さっと風が吹いて葉擦《はず》れの音がした。

わたしは右手の腰にしめなわがはられた神木の椎の木を見上げた。サッと何かが木の梢から拝殿の屋根の方へ横切ったような気がした。

五

さらに2日間、小夜ちゃんは学校を休んだ。

そして3日経って、わたしを打ちのめす知らせが笈川先生からみんなに告げられた。

朝、登校すると小夜ちゃんの席に花瓶に生けた花が置いてあって、胸騒ぎがしていたんだけど、朝のホームルームになって真っ赤な目をした笈川先生を見たとき、もう間違いないと思ったのだった。

「とても悲しい知らせがあります。中島小夜さんが夕べ亡くなりました」先生の目から涙がこぼれ落ちた。

「ええっ」、「そんな」、「まさか」という声が女の子たちから漏れたあと静まり返った。わたしは、声は出さなかった、出せなかったのだ。ただ急に涙があふれ出した。

「どうして?」、「なぜ」、そんな言葉を何度も何度も頭の中で繰り返した。あふれる涙もわたしはぬぐわなかった。ぬぐっても次から次へと出て来るのだから無駄だったのだ。もう妖精ウェルターのことなど頭の中になかった。小夜ちゃんの席の花に目を移すと、小夜ちゃんが授業中にわたしを見て微笑んだ姿がそこに浮かんだ。わたしはたまらなくなり、机につっぷして声を上げて泣いた。

そしてわたしは数日間、まったくの無口となり、あけてもくれても泣いていた。

お母さんもお父さんも盛んに心配しだした。

「第一の親友が亡くなったんだから無理はないよな」とお父さんが言った。

「でも、まともに食事もしないで泣いてばかりいては身体に応えますよ。なんとかしなくちゃ」とお母さんが言った。

「結局、時が解決してくれるのを待つしかないんじゃないかな」とお父さんが言った。

しかし、わたしのこのショックは時間が経つだけで解消するだろうか。

わたしはロボットみたいに学校に行き、ただぼんやり自分の席に座っており、先生の質問にはとんちんかんなことを答え、またロボットのように家に帰って自分の部屋にこもった。後で考えてみると、今はＡＩ技術も進歩しているのだから「ロボットのような」という表現はまずいのかもしれない。とすればどう表現すればいいのだろうか。とりとめのないことを考えるばかりであった。

わたしはお父さんにこんな質問もした。

「ねえ、人間は死んだらどうなるの？」

お父さんはとても困った顔をした。

「どうなるのかな。子供の頃、１人で懸命に考えたこともあったんだけど、結局、わからなかったな。今でもそうだけどね」

お父さんは機械の設計を仕事にしているから、そんなことをあまり真剣に考えたことはないのかもしれない。

「命ってどういうものなの」わたしは続けて質問した。

「むずかしいことを聞くなぁ。それもぼくにはわからないよ。生物学者にだってそれは分からないんじゃないかな。昔、命を創り出そうとした科学者がいたそうだ。そして、体のもとになるたんぱく質の合成には成功したんだそうだ。だが、それに電気をはじめとして色んなショックをあたえてみたんだけど、とうとう生きものにはならなかったんだそうだよ」

「ふーん。そんな人もいたんだ」

「もし、それに成功したとしたら世界はひっくりかえったことだろうな」

「どうして?」

「大昔から、生き物は神が創ったことになっているんだからね。人間が生き物をつくるなんて許されないと考える人も多いからね」

「それじゃ、魂《たましい》ってあるのかな」

「魂かー」

小夜ちゃんのお父さんもお母さんもクリスチャンで、小夜ちゃんのお葬式は教会で行われた。牧師さんは小夜ちゃんの魂は天に召されて、今、神様のお側にいますと言ったという。集まったみんながそれを聞いて安心したような顔をしていたそうだ。でも、わたしにはそれが信じられなかったのだ。『どうしてそんなことがわかるんですか』と牧師さんに尋ねてみたい気分だったのだ。

「つまり、天国でもどこでもいいから、亡くなった小夜ちゃんがほんとうにいるのかってこと」

「それも、お父さんには分からないなぁ」

「おじいちゃんなら分かるかな」

「さぁ、どうだろうか」

「でも、教会の牧師さんも笈川先生も小夜ちゃんは天国に行ってしまったんだから、そこで幸せに過ごせるようにみんなで祈ろうと言ったんだよ」

「人はみんなそう言うふうに言って、お互いに慰め合うんだよ」

「慰め合うだけなの」

「本当にそうだと信じている人もいるけれどね」

「お父さんはどうなの？」

「お父さんは今、死んだ後のことは考えていないんだ、考えないようにしているんだ。考えてもわからないからね。お父さんはひたすら生きることを考えているんだ。どうすればみんなが幸せに生きられるか、そのことばかり考えているんだ」

「でも、いつかは死んでしまうでしょ」

「そうだな。そうなったらその時じっくり考えることにするかな」

お父さんは答えをはぐらかしてしまった。

その日の夜のこと、「五月がこんなことを僕《ぼく》に言うんだ、どうしたらいいだろう」と、お父さんがお母さんに相談している声をわたしは小耳にはさんだ。

六

数日経って、笈川先生が我が家を訪れた。前もってお母さんと連絡をとり合っていたようだった。

「中島小夜さんが亡くなってからというもの、五月さんはすっかり元気をなくしてしまって心配しているんです」と玄関先で先生が最初に言った。

「うちでもそうなんですよ。ご飯の途中で急に泣き出すようなこともあるんです。ひどいショックをうけていることはわかるんですが。どうしたらいいものかと夫と相談しているんですが……」

「お宅でもそうなんですか」

「どうしたらよろしいでしょうか」

「はぁ。そうですねぇ……。実は小夜さんの葬儀でも一番仲の良かった五月さんにお別れの言葉を述べてもらおうとわたしは思っていたのですが、『お別れなどしたくないのにどうしてお別れの言葉を言うんですか』と言われれば確かにその通りなので、クラス会長の高部直樹君に代わってもらったような次第です」

「そうですか。うちの子ったら、高部君も『しらじらしいことをよく言うわ』と言って怒っているんですよ。あっ、こんなことを申してすみません」

わたしは2階の戸を開けた自分の部屋で会話のすべてを聞いてしまっていた。

自分のことで、おこがましいんだけど、先生は困ったようす（そんなふうに聞こえた）のまま帰って行かれた。

そして、どうしてこんなことになったのかは分からないが、日曜日の午前、わたしはお母さんに連れられて浅野川添い、卯辰山丘陵のふもとの奇妙な場所に連れて行かれた。

天神橋を渡った後、頂上に向かう広い舗装道路を外れて、わたしたちは川に沿った狭い道に入った。伸びほうだいの雑草が道の真ん中に垂れてどこに道があるのかわからないそんな道だった。そこを50メートルほど歩くと、道は左にカーブして急な登りとなり、木が生い茂って、ほとんど木漏《こも》れ日だけの暗い道になった。フクロウが鳴いていた。そしてすぐ前方の中腹に高《たか》床《ゆか》のお堂のような建物が見えた。古くてボロボロで、今にも崩れそうな建物だった。

わたしたちは草ぼうぼうのその前に立った。そこでお母さんが開け放されたお堂に向かって「ごめんください」と言った。「はぁい」と堂の中から中年の女の人の声が聞こえ、真っ白い小袖にピンクのはかま姿のおばさんが出て来た。丸顔の太った人で頭に白いはちまきを巻いていた。

お母さんとわたしは本堂に上がって座り、お母さんは携えて来た中田屋のきんつばとパティシエ辻口さんのケーキとお金が入った封筒を差し出した。おばさんはそれをおし頂くと神棚に供えた。

「さてと」おばさんはわたしの方を向いて言った。「亡くなったお友達のお名前は何とおっしゃるの？」

それから、小夜ちゃんの家の住所と家族構成、そしてわたしの名前も聞いた。

お母さんは「よろしくお願いします」と少し緊張気味に頭を下げた。

「それでは始めましょうか。五月さんは一心に小夜さんのことを思わなければいけませんよ。それから一つだけお断り申し上げますが、わたしが熱中してこの払子（ほっす）があなたの頭を直撃する場合があります。そう言う時は上手に身をさっとかわしてくださいい。いいですね」

払子とは神主がお払いで使う細い板に和紙のひらひらをつけたものであった。

「大丈夫でしょうか」とお母さんは心配そうだった。

「大丈夫ですよ。もし当たってても小さなこぶができるだけですから」

そして直ちにお払いが始まった。

おばさんはけたたましく「小夜さん、小夜さん、五月さんが会いに見えましたよ。出てらっしゃい。さぁ、出てらっしゃい」と繰り返し叫びながら、せまい堂内を駆け回り、払子を振り回した。その声はだんだん熱を帯びて高くなり、最後は絶叫になった。

そんなお祓いが10分ばかりも続いた。おばさんの目は血走り、顔色は真っ赤になり、額は汗びっしょりだった。

わたしは今の世の中でもこんな変なことが行われていることを初めて知った。おごそかな気分にはとてもなれなかった。かといって、おばさんがわたしのために汗をかいて走り回っているのを見ると「もう、やめてください」とも言えなかった。

帰る道々「小夜ちゃんの霊、とうとう出てこなかったね。出て来なくて損しちゃったね」と、わたしはお母さんに言った。

「五月が元気になってくれればこれで安いもんよ。どう、少しは、元気になれた?」とお母さんが尋ねた。

「ほんの少しだけ、なんとなくね」とわたしは答えた。

後で知ったところでは、これはわたしの家から3軒右隣に住む95歳のお婆さんが強力に勧めてくださったアイディアだったのだそうである。

七

これでわたしのふさぎこみが治《なお》っただろうか。いや、治るはずもなかったのだ。いつのまにか涙が出て来るようなことはなくなったが、時々、空中を見つめてぼんやりするようになった。そんな時に限って笈川先生は授業でわたしにあてた。

「どう? わからない?」

その時は、芥川龍之介の『蜘蛛の糸』のお話が教材の授業だった。

「そんな細い糸に人がぶら下がるなんてありえないと思います」わたしは答えた。

「わたしはそんなこと質問していないわよ。カンダタが自分の後を上って来る人を蹴落とそうとするときの気持ちはどんなものかを聞いてるのよ」先生が言った。

そして、わたしの席までつかつかと歩いてくると額に手を当てた。

「熱はなさそうね。頭、痛いの？」

「いえ、なんだか、ボーッとしてます」

「じゃ、保健室でしばらく横になる？」

「そうします」

わたしはそう言って1階の保健室に降りて行った。

保健室には塩谷先生がいつも詰めている。

白衣を着て、年齢はお母さんと同じくらいで髪はいつも後ろで束ねてお化粧などしていないみたいだ。眼差《まなざ》しがとてもやさしい人だ。3年生の時に一度だけここに来たはずだが、塩谷先生はわたしの名前を覚えていた。

「夕べはちゃんと眠れたの？」先生はわたしの目をのぞきこむようにして言った。

「夢ばかりみていました」

「あらそう、お友達が亡くなったから無理もないけど。いつまでもしょんぼりしていると天国の小夜さんも心配しますよ」

「はい」わたしは素直に答えた。

「これを飲んでしばらくそこのベッドに横になっていらっしゃい」と小さな湯のみを差し出した。

「温かいお茶よ、少しお砂糖が入っているわ」

壁際にベッドが置いてあり、カーテンが三方を囲っている。

わたしは飲み干すと先生に湯のみを返した。先生は、この間じっとわたしを見守っていた。

「先着が1人眠っているから起こさないようにしてね」

ベッドが一つしかないのに変なことを言うなとわたしは思った。1年生でもいるのかと思った。

わたしはそっとカーテンを引いた。そこには誰もいなかった。

「だれもいませんけど」

「枕もとに坊やが1人、いないかしら?」

わたしはもう一度見直した。そしてあっと声をあげそうになった。何か小さな生き物が枕の向こうに寝ていた。

身長は10センチぐらい、黄色いハットを被り、瑠璃《るり》色のブラウスとズボン、そして黄色いガウンを纏《まと》っていた。これは小夜ちゃんの言っていたウェルターそのものではないか。

八

まさか、こんなところでこんなふうにウェルターに出会うとは。

それにしても、塩谷先生にはこの妖精が見えるのか、そしてまるで人間みたいに応対しているのが不思議でしょうがなかった。

わたしのぼんやりはいっぺんにふっ飛んだ。でも、教室に戻る気にはなれなかった。

「この妖精、何でこんなところにいるんですか」

「ウェルターのこと?」塩谷先生はもう名前まで知っている。「あなたが来る少し前だったかしら、少し休ませてくださいとやって来たのよ」

「先生、びっくりしたでしょう」

「どうして?」

「こんな妖精がいきなりやってくるなんて」

「この子、妖精じゃないわよ?」

「違うんですか?」

「妖精は昔から女の子って決まっているから。この子はそうね、ただの光の子、光の精じゃないかしらね」

なるほどと思った。従ってこれからは妖精という呼び名は使わないことにしようと決めた。

「名前をどうして知っているんですか」

「小夜ちゃんにつけてもらったんだって言っていたわよ」

ということはウェルターは、あのあと小夜ちゃんに会ったのだろうか。

わたしはカーテンを引いてウェルターの側にそっと横になった。

かたちのよい小さな目と鼻と口、着ているものも完璧に整って乱れはない。一見、人形か、おもちゃのロボットのようだが、人の手でこれほど精巧に作れるはずもない。実物を目にすると信じないわけにはいかなかった。すやすやと眠っている。驚きと同時になんだか頭が混乱してくる。わたしは夢を見ているのだろうか。わたしはそのまま間近でウェルターをずっと観察し続けた。

するとそのうちわたしの方が眠くなってきた。そして、眠りかけた瞬間、これは夢に違いないと思い返し、目を大きく見開いて見直したが、ウェルターはやはりそこにいるのだった。でも、その後、目尻がだんだん下がって来て、がまんできなくなって、わたしはついに寝入ってしまった。

目が覚めたのは午後の授業が終わった頃だった。薄い毛布がわたしに掛けられていた。急にウェルターのことを思い出したので枕もとに目をやった。

ウェルターはいなかった。やはり夢だったのだと思った。

カーテンをゆっくり開けると、塩谷先生が机に向かって書き物をしていた。

「どう、よくなったかしら?」先生が顔だけ向けて尋ねた。

「あのう、ウェルターはどうしましたか」

「ああ、あの子。あなたが寝入ってしばらくしてから目が覚めたようで、お辞儀をして出て行ったわよ」

「出て行ったって――」

「そこの窓から飛び出して行ったわ」塩谷先生はこともなげに言った。

塩谷先生の言葉をそのまま信用すればウェルターは本当にここにいたことになる。「本当ですか」と尋ねたい気分だったが、塩谷先生の言葉は、それを寄せ付けないくらい自然なものだった。そんなことをしたらかえって失礼になりそうだった。だから、わたしは信用することにした。夢ではなかったのだ。

「では、わたし、帰ります。ありがとうございました」

「独りで帰られる。送っていってあげようか」

「もう大丈夫です」

「気をつけて行くのよ。ああ、それからウェルターからのおことづけがあるわ。明日の土曜日の午前、真泉神社で待っているそうよ」

九

翌日の朝になるのがどれほど待ち遠しかったことか。そして、お天気のことも気になった。夜のテレビの天気予報を真剣に見つめていると、お父さんが「明日、何か予定があるのか」と言った。

「ちょっと人に会うから」と答えた。ウェルターは人なんだろうかと思った。

「そうか、新しい友達ができたのか。それはよかったよかった」とお父さんは1人喜んでいた。

そして、翌朝、ご飯を食べて「そこの真泉神社に行ってきます」とお母さんにことわって家を出た。

「神社でデートなの？」とお母さんは首をかしげていた。

空にはわた雲がたくさん浮いていた。

近所に住む同級生の宮本健二君の家の前を通ると、健二君がお母さんと一緒に家の前で3匹の猫にえさをやっていた。前に飼っていた猫が1匹死んじゃったから、新しい黒猫はニューワンだった。三毛猫はツーコ、白黒のぶちがサードという名前がついている。いずれも近くにいた野良猫だった。

「あら、五月さん、おでかけ、どちらへ」とおばさんは聞いた。

「ちょっと、そこまで」とわたしは答えた。

「そう、いいお天気ね」とおばさんが言葉を返した。

昔はこんな大人のやりとりなど意味がないと思っていたが、いつの間にか自分がそんなことをしているのに気づいた。

少し早かったかなと思って道路から鳥居をのぞくと手水鉢近くの植え込みをのぞいている人がいた。先日の品のいいおばあさんだった。

「あら、この前のお嬢さんね。妖精、見つかったのかしら」とおばあさんは言った。

「ええ、まぁ……」

「そうでしょ。やはり、いなかったんでしょ、妖精なんて人間の空想なのよ。いるわけないんですよ、わかったでしょ」と念を押した。

わたしはおばあさんの背中越しに拝殿の方を見た。ウェルターの姿はなかった。

と、上の方、屋根の先に何かがいた。ウェルターはそこにちょこんと座っていた。

「あっ、屋根の先」わたしは思わず声を出した。

「屋根の先?」おばあさんが振り返って社の屋根を見上げた。

「何かいる? なんにもいないじゃないの」とおばあさんは言った。

おばあさんはそう言ったのだけど、たしかにそこにウェルターがいるのだった。

「わたしは目だけはたしかなのよ。あなた、お勉強ばかりして目が悪くなったんじゃないかしら。一度眼科に行って診てもらいなさいね」おばあさんはよけいなことまで言った。

そしてやおら立ち上がると「どうぞ、お大事に」と言って鳥居を出て言った。

わたしは参道を進んだ。ウェルターはひょいと屋根から身をひるがえらせて狛犬の頭に移動した。

「あのおばあさんにはあなたの姿は見えないの?」とわたしは尋ねた。

「見える人もいれば見えない人もいるよ」とウェルターは答えた。

「塩谷登紀子先生には見えるのよね」

「あの先生は赤ちゃんのような心の方だからね」ウェルターは答えた。

「ふーん。そんなことより、まず自己紹介だわ。わたし、堀川五月というのよ」

「君のことはもう知ってるよ」とウェルターは言った。歯切れのいい、高めのよく通る声だった。

「そう。あなた、あれから小夜ちゃんに会ったのよね？　そうでなきゃ、小夜ちゃんがつけた名前をあなたが知ってるわけがないもの。いつ会ったの？」わたしは立てつづけに質問をした。

すると、ウェルターの目から数滴の涙がこぼれ落ちた。

小夜ちゃんが亡くなる前の日、ウェルターは小夜ちゃんの家を訪ねて行ったのだという。

小夜ちゃんはまだ熱が下がらず、自分の部屋で独りで天井を見上げていたのだそうだ。

ウェルターから聞き出した、そのときの小夜ちゃんの様子はこうだった。

ウェルターが、小夜ちゃんの目の前まで飛んでホバリングをしていると
「ああ、来てくれたのね。あなたの名前はウェルターにしたからね」と小夜ちゃんは弱々しい声で言った。

「ウェルターか。ぼくに一番ぴったりの名前だな。前の街では団子君だったんだぜ」そう言っても小夜ちゃんは少しも笑わなかった。笑う力もなくなっているように見えた。

「ずいぶん苦しそうだね」ウェルターが小夜ちゃんを見ながら言った。

「苦しいんだけれど、ふっといい気持ちになることもあるわ」

「早くよくなってよ、がんばってよ」

「それはわかっているわ。わかっているんだけどさ。このまま熱が下がらなければ明日入院

するんだって言われたのよ。いやだなぁ」

「元気になるためなら入院も仕方がないじゃないか」

「そうなんだけど、その元気のもとがどんどんしぼんでいく気がするわ」

「そんなことを言わないでよ。君の親友の五月ちゃんとぼくと、3人で冒険したいと言っていたじゃないか」

「冒険もしたいし、来年生まれる弟か、妹にも会いたいし、したいことは山ほどあるわ。わたしは欲張りだから」

「元気になったらいっぱいできるさ」

「でも人の命って限りがあるでしょ、わたしの望みはとても全部はかなえられないわ」

「全部でなくても、一つまたひとつと徐々《じょじょ》に果たせばいいじゃないか」

「そうね。でも、わたしの場合、新しい望みや夢が次から次とまた生まれて来るからいやになっちゃうよ」

「今、ぼくにしてほしいことはないかな」

「去年、亡くなったおばあちゃんに会いたいわ。でも、無理よね」

「そうでもないけど」

「では望みをかなえさせてよ」小夜ちゃんは熱っぽい目でウェルターを見た。

「では、目を閉じて」

ウェルターは目を閉じた小夜ちゃんの顔の前でタクトを十文字に切った。

するとすぐに、寝入った小夜ちゃんの口から寝言が聞え出した。ウェルターは夢の中にも自由に入って行けるんだけど、この時は遠慮したのだと言った。

「ああ、おばあちゃん、会いたかったわ。この小川を渡ってそちらに行ってもいいかしら。……だめ？　どうしてだめなの、どうしていけないの。わたし行きたいのに。そんなに怒った顔しないでよ。すぐまた、こちらに戻るからさ。ちょっとだけ、いいじゃないの」

この時、誰かが2階に上がって来る気配がした。ウェルターは小夜ちゃんの夢を中止してその場を離れたのだった。

部屋に入って来たのは小夜ちゃんのお母さんだった。部屋の外に出たウェルターの耳に、「今、おばあちゃんと会っていたんだよ」という小夜ちゃんの声が聞えてきたという。

わたしは、ウェルターの話を聞くとまた涙がとめどなく流れた。

わたしもウェルターも何も言えなくなりしばらく黙っていた。

「ね、ウェルター、あなたこれからどうするの」わたしは涙をぬぐいながらようやく尋ねた。

「うーん、どうしようかな。小夜ちゃんと五月ちゃんの力を借りようと思っていたんだけど。小夜ちゃんが亡くなってしまうし、君はすっかり元気をなくしているし、もう、無理なら、他の子をさがそうかな」

「あてはあるの?」

「いや、全然ないんだ。ぼくの探している人はすごく高齢だから、あまり時間がないんだ。それが気がかりなんだよ」

「その人、何歳ぐらいなの」

「95歳かな」

「それじゃ、早く見つけないと手遅れになっちゃうじゃないの」

「そうなんだ」

ウェルターがその人に会って何を伝えたいのかは分からないけれど。会いたいという気持ちだけは口振りからひしひしと伝わってきた。

「わたしたちだけでやってみようか」

「そうしてくれるかい?」

「どこまでやれるか分からないけどやってみようよ」これはわたしのいつもの口癖だった。

不可能と思えることでもあきらめる前に一応、やってみるのがわたしのやり方だったからだ。もっとも、これまで失敗した方がはるかに多かったのだけれども。

こう言ってしまってから、今回は、「失敗したらそれでもいいや」というわけにはいかないことにすぐ気付いた。でも、わたしが「やってみようよ」と言った時、ウェルターの顔がぱっと輝いたのをわたしは見逃さなかった。

「協力してくれるかい?」

「うん。……お父さんもお母さんも、幼稚園の園長をしているおじいちゃんもいるからさ。みんなの知恵を借りればなんとかなるかもしれないよ」わたしはせいいっぱい明るい見通しを語った。「それで、その人の名はなんというの」

「ハンス・ミューラーと言うんだけど」

「男の人ね。アメリカ人かしら」

「ドイツ人なんだ」

「その人、金沢に住んでいるのね」

「それが分からないんだ、日本に住んでいるかどうかもわからないんだ」

「ええーっ」

「だから、僕《ぼく》はもう78年間、世界のあちこちを探し歩いてきたんだよ」

「気の遠くなるような話ね。あなた、いったい、いくつの国を訪ねて来たの?」

「えーと、フランス、スペイン、オーストリア、スイス、スウェーデン、デンマーク、ノルウェー、イタリア、……」

「ちょっと待った……」えんえんと全部の国を挙げられたらたまったものじゃない。「ようするに、ドイツから始まって、日本までのあらゆる国を探して来たわけね」

「そうなんだ。ハンス・ミューラーさんが生きているかぎり、ぼくはその人に会わなければならない」

「で、どうして、ウェルターはその人に会わなくちゃならないの」

「それがまた、ぼくにもわからないんだ」

「へんなの。それじゃ会ってどうするのよ」

「それはすべてそのハンス・ミューラーという人が知っている。その人に会うことだけがぼくの務めなんだ」

わたしは意味がわからなくなった。ウェルターはその人に会ってまた、何か頼まれごとをするということなんだろうか。

十

真泉神社でのウェルターとの話はまだ続いていた。

「塩谷先生の話だと、あなたは光の精だと言っていたけど、それで正しいの」

「光の精か。ちょっと違うんだけどなぁ」

「どう違うの?」

「光の精なら光の速さでしか飛べないもの、でもぼくはもっと速く、光の数兆倍でも飛べるからね」

「あなた、そんなにすごい能力を持っているの?」

「すごくもないさ。人間は今の最先端の科学をとてつもなくすばらしいものと考えているけれど、まだまだ先があるということさ。いつか、きっとぼくの正体も明らかになる日が来るんじゃないのかな」

「ふーん、なんだかわかんない話ね。あなたは魔法を使えるの?」

「魔法といえるかどうかわかんないけど、まぁ、五月ちゃんの考えることならたいていいやってあげられると思うよ。でも、前の県にいた男の子みたいに、『だんごを目の前に出してくれ』なんていうのはごめんだな」

「どうして。それはできないの」

「できなくはないけど、そのだんごは食べられないもの、見えるだけだもの」

「ふーん、たとえばよ」わたしは今、神社前を、飼い主の女の人を引っ張るように通り過ぎて行ったブルドッグを見て思いついたことを言ってみた。「あの犬の中にわたし、入れるかな」

「入ってどうするのさ」

「あのブルちゃんが何を見ながらお散歩しているのか、ちょっと体験してみたいのよ」

「あのワンちゃんの目の中に入ればいいんだね」

「そういうことね」

「じゃ、やってみようか」

ウェルターはわたしに目をつぶるように言った。

この間、わたしに何が起こったのかさっぱりわからない。5、6秒たって「目を開けてもいいよ」というから、目を開くと、わたしは自分が大きな丸太のようなものの上に乗っていた。後で判断すると、そこは、ウェルターの持っているタクトの先だったようだ。目の前の世界がとてつもなく大きくなり、その一つひとつがいったい何なのかはっきりしなかった。

「準備はいいかい」側《そば》でウェルターの声がした。

何の準備か分からなかったけれど、わたしは「いいわ」と言った。

あっという間もなくわたしの体はそこからさっと飛び出した。

こわくなかったと言えばうそになるけど、これが魔法の世界のできごとであり、また覚悟もしていたから、なんとか持ちこたえた。

一瞬のうちに、わたしはブルドッグの目の中に入ってしまっていた。でも大きなまるい穴のむこうから大量の光が差し込んでくるばかりでただまぶしいばかりだった。

「後ろを見てごらん」ウェルターの声が側で聞こえた。

振り向くと、そこに巨大な円形のスクリーンがあった。

何か模様のような、わけのわからないものがそこに映し出されていた。

「何、これ……」わたしは思わず言った。

「宙返りしてごらん」ウェルターの声が聞こえた。

わたしは言われたとおり体を半回転させた。

道端の雑草が垂れている。そして、舗装道路の端っこ部分がなんとか見て取れた。

つまり、像はさかさまになっているのだった。画面は左右にゆれていた。

「ヨシズミ、どうしたの」と上の方で、女の人の声がした。「こんなところに立ち止まっちゃってどうしたのよ。おしっこをしたいの？」

「ワンー、ワンー」、犬はこまったような、甘えたような声で吠えた。

このブルちゃんヨシズミ君に、飼い主のおばさんが話しかけているのである。

前方からトラックが近づいてきた。軽トラックのようだけど、すごくでっかくて、押しつぶされそうに見えた。

「変ね、ヨシズミ、どうしたの？」おばさんはしゃがんでヨシズミ君の目をのぞき込んだ。

このとき、わたしはまたびっくりした。スクリーンに映し出されたのはブルドッグの顔だったからだ。でもそれは実はおばさんの顔だったのだ。

「君が目の中に入ったから、ヨシズミ君、見えづらいんだよ」ウェルターの声がどこからか聞こえた。

ああ、そうだったのかとわたしは理解した。

「もう、いいわ、ウェルター、ここから出してくれない」とわたしは言った。

また、目をつぶって、5、6秒たつと、わたしはヨシズミ君の先の小路の角に立つ電柱のそばに姿を現した。

わたしが突然現れたものだから、おばさんは目を白黒させてわたしを見ていた。

ヨシズミ君はまた歩き始めた。わたしは歩み寄って、頭をなでてやり、ヨシズミ君に「ごめんね」と謝った。

ヨシズミ君は「ワン」と吠えた。

「かわいいブルちゃんですね」とわたしはおばさんに言った。

「ほめてくれてありがとう」と微笑むおばさんの顔は本当にヨシズミくんそっくりだった。

ウェルターとわたしはまた、神社の境内の狛犬の側に戻った。

「ほかにも、魔法を試してみるかい?」とウェルターが言った。

「今日はもういいわ。なんだか、頭がクラクラしてきちゃったよ」

「魔法の世界に慣れていないからね。そのうちだんだん慣れるよ。みんなそうだったからね」

と、ウェルターは言った。

「あなたはずっとこのお社にいるつもりなの?」とわたしは尋ねた。

「うん、そのつもりだよ」

「食べ物はどうしているの? 何か持ってきてあげようか」

「その心配はいらないよ。ぼくは人間じゃないんだから」

「でも、何か食べないと生きられないいんじゃないの」

「ぼくのエネルギーは宇宙線なんだ。地球に常に大量にふりそそいでいる宇宙線なんだよ」

「何よ、それ」

「ニュートリノって聞いたことないかな。それは宇宙線の一つだよ」

「どこかで聞いたことがあるわね、昔、その研究でノーベル賞をもらった日本人がいたはずだわ」

でも、わたしにはそれ以上はわからなかった。

「あなたのさがしている人のお名前は、ハンス・ミューラーさんで、そして、ドイツ人で、お歳は95歳だったわね」わたしは、神社を離れる前に、もう一度、ウェルターに確かめた。

十一

「金沢にドイツ人なんか住んでいないんじゃないかな」とお父さんは言った。

お父さんが会社から帰って来てすぐ、わたしの質問に答えたのだった。

もちろん、ウェルターと会ったことも、自分がヨシズミ君の目の中に入ったことも話さなかった。お父さんなら理解してくれるかもしれないが、長い時間をかけて説明するのは面倒《めんどう》だった。

「アメリカ人、フランス人なら1人ずつ知っているんだけどな。会社の同僚に1年の大半を外国に出張している人がいるから、その人に聞いてみるかな」とお父さんはつけ加えた。

夕食の時、お母さんも話に加わった。

「おじいちゃんが知っているかもしれないよ」とお母さんが言った。

このおじいちゃんは、お母さんの父親で、隣の町で幼稚園の園長をしている。おばあちゃんは5年前に病気で亡くなり、今は独り暮らしだ。前には高校の校長もしていたから顔が広いのだ。

「そうだな、それがいい」とお父さんは賛成した。そして、「今日の五月は久しぶりに元気だな」とうれしそうだった。

「わたしもそう思う。何かあったの？」お母さんが聞いた。

「それはいずれゆっくりご報告するわ」とわたしは気取って答えた。

「とにかく、元気が出てきたことはいいことだよ」

わたしは久しぶりに、お母さんの料理を全部平らげた。


あくる日の昼休み、学校でこんなことがあった。

わたしが廊下から3段降りた中庭へのたたきにさしかかった時だった。高部直樹君と宮本健二君がそこで言い合っていた。

「何を見ているの？」とわたしは言った。

「あそこの鳥の羽根のところ、何か変なものがいるだろ」と健二君が言った。

「どこどこ」とわたしは健二君が指差す方向に目を向けた。

中庭には、学年別に手入れをしている大小のいろいろな形の花壇がある。そして、その中央に、大きな石膏のイヌワシの像が、高い台の上に載っている。古くて、汚れが目立つけれど、今にも羽ばたこうとしている姿は勇ましい。健二君の指の先はその翼のあたりを差していた。

「なんにもいないよ。お前の気のせいじゃないのか」と直樹君が言った。

わたしは視力が1.0なので遠くのものが特にはっきり見えるわけではない。でも、そこには何かがいるように見える。というより、それはウェルターなのだった。なぜなら、それはわたしに手を振って合図したからだ。

ウェルターは翼から頭の方にとび移った。

「ほら、今跳んだ」と健二君が言った。

「何かがちょっと動いたようだけれど。あれはとんぼだな」と直樹君が言った。

「とんぼじゃないよ、きっとクマンバチだよ」と健二君が言った。

「あんなクマンバチがあるもんか」

「2人とも、残念でした。あれはウェルター君でした」とわたしは得意げに2人に明かした。

「ウェルター！　ってなんだ、そんな虫がいるかよ」直樹君が言った。

「あれはクマンバチでもないな。一寸法師じゃないだろうか」健二君が訂正した。

「一寸法師だなんて、そんな非科学的なことを言うなよ。ばかばかしい、ぼくはもう行くからな」と直樹君は、廊下への階段を上がった。

「ね、ウェルターが見えるの？」わたしは後に残った健二君に問いかけた。

「豆粒ほどの人形みたいな形をしているなあ。あんなの、今まで見たことないよ。あれっ、いなくなっちゃった」

ウェルターはあっと言う間に、健二君の制服の右肩に移動していた。でも、健二君はそれには気付かない。

わたしたちは教室に戻り始めた。前を歩く健二君の肩でウェルターは後ろ向きに座り、わたしと向かい合った。

「今日、学校が終わったら、おじいちゃんに会いに行くよ」とわたしはウェルターに言った。

ウェルターは黙ったままオーケーサインを出した。

「何だって。ぼくのじいちゃんに用でもあるのか」と健二君が振り向いて言った。

「こっちの話なのよ。気にしないで」とわたしは言った。

結局、ウェルターは教室までついてきて、今でも小夜ちゃんの席に飾られている花の上にちょこんと座った。今日のお花は大きな真っ赤なバラだった。

授業後、かばんを家に置くとすぐ、わたしは隣町のおじいちゃんの家に出掛けた。お母さんが料理した肉じゃがの入った竹のかごをぶら下げて。

前にも述べたが、おじいちゃんは1人で暮らしている。正確に言うと、毎日、通いのお手伝いさんが来てくれて、食事や掃除をしてくれるのである。

家は、幼稚園の隣にあって、1人で住むには大きすぎるが、おじいちゃんにとっては思い出がいっぱい詰まっている家なので、取り壊しもひっこしもする気もないらしい。

「おお、五月か、来たな」居間でお茶を飲みながら庭を眺めていたおじいちゃんが言った。

「これ、お母さんから」わたしは肉じゃが入りのかごをテーブルの上に置いた。

「冷蔵庫にアイスが入っているから、よかったら食べなさい」と言うのでわたしは小さなバニラのバーを1本取り出した。

「おじいちゃんにちょっと聞きたいことがあるんだけど」わたしは、庭に向かって置かれた籐椅子に座ってアイスを食べながら言った。

「なんだね?」

「ハンス・ミューラーというドイツ人、知らないかしら」

「いきなり名前を言われてもなぁ……。ドイツ人か。……歳はいくつなのかね」

「95歳よ」

「そんな年寄りなのか。わしより10歳も上じゃないか。なぜ、お前は、そんな人のことを知りたいんじゃ」

「その人を探している子がいるのよ。たのまれちゃったの」

「そうかぁ。わしにはわからんな」

「やっぱり、そうだと思った」わたしは半分がっかりした。

「いや、ちょっと待てよ」おじいちゃんはそう言ってちょっと考え込んだ。「大友君が何か知っているかもしれんな」

「大友君ってだれ？」

「わしの大学時代の友達じゃ。覚えておらんか、5年前おばあちゃんが亡くなった時、お通夜に来ていたあの大友君じゃよ」

「たくさんの人がいたから、どの人だかわかんないよ」

「白い長い髪を肩までたらして、五月は剣士みたいだと言っておったな」

「ああ、あの人か」

『あんたの孫か』とか言って、ニコニコしながらわたしを見たが、その目だけはとてもきつかったことを思い出した。

「大友君の伯父さんはたしか戦前、ドイツにいたことがあるはずだ。この伯父さんは戦死されたんだがとても立派な人だったんだそうだ」

「ふーん」

「大友君とわしは、今でも仲間として付き合っておる。月に一度は会っているから、今度、聞いてみてやろう」

「でも、ドイツにいただけだったら、ハンス・ミューラーさんとは何の関係もないんじゃないの」わたしは思ったことをずけずけと言った。

「ほう、お前も理屈《りくつ》を言うようになったか」おじいちゃんは感心したような、馬鹿にしたような言い方をした。

「わしが思いだしたのは、これだけではないんじゃよ。大友君は伯父さんについていろいろなことを話してくれたんじゃが、その中に、日本にやってきたドイツ人のことがあったような気がする」

「もっと詳しいことを思い出せないの」

「もう何十年も前の話じゃからな。ところで、お前、親友が亡くなって落ち込んでいるそうじゃな」

「新しい友達ができたから、もう大丈夫だよ、おじいちゃん」とわたしは、ウェルターのことを頭において言った。

「そうか。悲しい時はな。思いっきり泣いて涙を全部出し切って、そして忘れることじゃ。それが一番じゃよ」

「おばあちゃんが亡くなった時、おじいちゃんも、そうしたの」

「わしは男だからそんなことはせんよ。わしは泣かんのだ」

「ほんとかな」

「年寄りをからかうもんじゃないぞ」

おばあちゃんの葬式が終わって、家の中にだれもいなくなったとき、わたしはお母さんの届け物をしに来たことがある。そのとき、仏壇のおばあちゃんの骨壷を前にして1人で声を上げて泣いていたのはだれだったんだろうか。

十二

「というわけで、今のところめぼしい情報はないわ」とわたしはウェルターに言った。

放課後の真泉神社の境内でのことだった。

ウェルターはこのところ、毎日のようにわたしにつきあってくれていた。教室ではいつも、小夜ちゃんの机の花の上に座っていてくれたし、帰り路には神社まで一緒について来てくれた。悲しみがいやされていったのは本当にウェルターのおかげだった。

「あなた、時々なんだけど、小夜ちゃんのお花の上で魔法をつかっていない?」わたしはちょっと聞いてみた。

「えへへ、ばれたかな」とウェルターは言った。

というのは、たまにだが、花の方に目をやると、小夜ちゃんが席に座っており、わたしの方を向いて微笑んでいるのだ。そして、そのときは、わたしも微笑み返すのだが、そんなときに限って、笈川先生がまたわたしをあてるのだった。そして、前と同様とんちんかんな答えをしてみんなに笑われるのだった。

「あんな魔法を使わなくてもいいよ。わたしはもう大丈夫なんだから」

「そうか、じゃぁ、あれはやめようか」

「わたしにつきあわなくてもいいから、もっと広くいろんな人の話を聞いて回ればいいんじゃないの。時間がもったいないよ」

「そうなんだけどさ。ぼくの姿が見える人、めったにいないからね」

「健二君は見えるんだよね」

「でも、少しだけなんだ。見えたり見えなかったりするんだろうな」

「そうなのか」

「だから君の助けがどうしてもいるんだよ」

「わかったわ。わたし、がんばって協力するよ」

「ありがとう。今日もなにか、魔法を試してみるかい？」

「いろいろやってみたいけどさ。でも、やはり、1人じゃつまんないよ。ああ。小夜ちゃんと一緒に魔法の世界で遊びたかったなぁ」

「それは、ぼくだって同じだ」

この時、ふっとわたしに悪魔のような考えが浮かんだ。

「ね、ウェルター。あなた、もしかして小夜ちゃんを生き返らせることができるんじゃないの」

「ええーっ、まさか。そんなことはできないよ」

「でも、教室で小夜ちゃんの姿をわたしに見せてくれているじゃないの」

「あれは人間じゃないよ。君だけに見えるまぼろしみたいなものなんだ。だからさ、しばらくすると消えちゃうだろ」

「それでもいいわ。ここで小夜ちゃんを出してくれないかしら」

ウェルターはとても困ったような顔をした。「君がそんなこと言い出すとは思わなかったなぁ」

「ねぇ、おねがい」そう言ってわたしはウェルターに手を合わせて拝んだ。

「ううーん」ウェルターはむずかしい顔をして考え込んだ。

そしてしばらくしてから言った。

「しょうがないなぁ」

そうつぶやくように言うと、ジャケットの内ポケットに手を入れ、淡く光る小さな薄緑色の袋を取り出した。そして、巻きつけた赤い紐を解いて口を開いた。中からの光でウェルターの顔がほんのりと照らし出された。

「何が入っているの?」わたしは聞いた。

それには、ウェルターは答えなかった。真剣な表情でのぞき込み、そしてその後、一つの光るものを指でつまみ出した。というより、ウェルターの指にさそわれて、それがついてきたという感じだった。

それは、空中にじっと静止して光っていた。まぶしくはなく、そうかといって弱々しくもなく、青と緑とピンクが微妙に入り混じって、時にはきらきらと瞬き、どこか神々しく、今まで見たことがない光だった。

「うわぁ、とてもすてき。これは何なの？」わたしは尋ねた。

「小夜ちゃんの命さ」ウェルターはあっさりと言った。

「ええーっ」と、またまた驚かされる。

「小夜ちゃんが亡くなった日の夜、家の近くに漂っていた光の粒なんだ。ぼくは、それにそっと近づいて、この袋の中に入ってくれるかいって、それに呼びかけたんだ。そしたら、すーっと入ってくれた」

「そうなの……」わたしはそう応えるしかなかった。

「この袋にはね、世界中で、ぼくがお世話になったり仲良くしてくれて、たまたま亡くなってしまった人たちの命がいくつか入っているんだ。看護師のおばさんもいるし、中学校の理科の先生もいるし、料理好きのおばさんも、パン屋さんも、ホームレスのおじいさんもいるよ」

「ふーん」

「教室で見せてあげた小夜ちゃんも、もとはこれなんだよ。こんな種明かしなんて本当はしたくないんだけどさ」

「そうだったのか。何もないところから何かを作り出すなんてできないものね。わたしとしては、すぐに消えちゃうまぼろしではなく、もっと長く身近にいてくれて、そして、呼び出したらすぐに来てくれるようにしてほしいわ」

「多いんだな、注文が。うまくいくかどうかわからないけどためしてみようか。こんなこと初めてなんだ」

こうして、小夜ちゃん呼び出し作戦が始まった。

「目をつぶって、ぼくが、いいというまで開けちゃだめだよ」とウェルターに言われたが、わたしは途中で片目だけを細く開けていた。だってどんなことをするのか気になるじゃない。このとき、ウェルターが小夜ちゃんのいのちをわたしのおでこに近づけているのが見えた。すかさず「ずるしてるね」とウェルターが見破った。

わたしはしっかり目を閉じた。5、6秒して「もういいよ」と言うので目を開けた。

驚いたことに目の前に小夜ちゃんがいた。去年の秋だったか、わたしが「その服とても似合っているよ」と言ったとき身に着けていた服だった。もみじ色の服とフリルのついた水色のスカートをはいていて、髪は丁寧に三つ編みに編まれていた。もっとも可愛い小夜ちゃんだった。

「うわー、すごい。小夜ちゃん、久しぶりね」思わずわたしは声をかけた。

でも、小夜ちゃんはほほえんでいるだけで何も言わない。

「どうしたの？　小夜ちゃん、何か言ってよ」わたしはうながした。

でも小夜ちゃんは笑っているばかりで、一言も話そうとしない。

「どうなってるのよ、これ」わたしは小夜ちゃんの横でホバリングしているウェルターに言った。

「はじめからすべてうまくいくはずがないよ。徐々にこの小夜ちゃんに慣れていくしかないんだ。そのうち、小夜ちゃんの声も聞こえるようになるはずだし、君が呼べばすぐに現れ、応えてくれると思うよ。君の努力次第なんだ」

「そうなの。本当にそうなるのかなぁ」

この小夜ちゃんはとてもまぼろしには思えなかった。普通の人間と変わらないはっきりした姿を持っていた。わたしはつい前に出て、小夜ちゃんをハグをしようとした。

しかし、できなかった。やはり、小夜ちゃんは影だけなのだった。わたしの腕は、ただ、空気を切っただけだった。

そのうちだんだんと、小夜ちゃんの姿は薄くなり、ついに消えてしまった。

「ウェルター、なんとかならないの。小夜ちゃん、消えてしまうじゃないの」

「ぼくにできるのはここまでなんだ。後は小夜ちゃんの姿をしっかり持ちこたえるように学習してもらわなくちゃならないよ」

「あなたって、意外と冷たくて無責任なのね」

「なにもかも、他人任せにしたらだめじゃないか」

後でわかったことなんだけど、この、小夜ちゃんの呼び出しとふれあいは、わたし自身が、どれほど真剣に小夜ちゃんを求めているかにかかっていたのだ。

十三

5月になり、ゴールデンウィークも終わったある土曜日の午後、わたしとウェルターは真泉神社からほど近い、小さな田園地区にいた。

昔は、このあたり一面水田が広がっていたのだろうが、住宅がどんどん増え、今ではこのあたりに田んぼが数枚か残っていて、いくらか見晴らしのきく場所だった。今、立っている道も昔の農道を広げたもので、生活道路として使う人もまだ少なかった。だから、わたしたちはここを選んだのだ。

何をするのかだって?!

金沢市内の空中散歩だ！

せっかく、ウェルターと出会えたのだから、その能力を信じて、また、どれくらいのことができるのか、ちょっと確かめても見たかったのだ。もっとも、ドローン技術が進化しているこのごろ、これは驚くほどのことではないのかもしれないけれど。

ウェルターは、わたしのすぐ近く、30センチのところで例によってホバリングをしていた。わたしは、人が近くにいないか、さっとあたりを見回した。このとき、神社前の通りから進入してくるものがあったのだが、わたしは期待でわくわくしていたからそれに気づかなかった。

「そろそろ始めてもいいんじゃないの」とわたしは言った。

真っ青な空には綿雲が7、8個、ぽっかりぽっかり、浮かんでおり、それが、ゆっくりと山の方向に流れていた。空気がとても澄んでいて、遠くの景色がくっきりと見えて、まさに空中散歩びよりだった。

「ちょっと待って」とウェルターが言った。

物音がするのでふりむくと、乳母車を押しながら若い女の人がこちらに近付いてくるところだった。

「いいお天気、駿《しゅん》ちゃん、気持ちいいわねぇ」と風に乗ってその人の声が聞こえてきた。

わたしたちはこの親子が通り過ぎるまでそこで待つことになった。

乳母車が通りすぎるとき、わたしは赤ちゃんを見て手を振ったが、赤ちゃんはそっぽを向いていた。

と、そのとき、赤ちゃんは手をあげて「あぶあぶ」と声を上げた。よく見ると、赤ちゃんはウェルターを見つけてサインを送っているのだった。

「あっ、この子、ウェルターが見えるんだ」と瞬間、わたしは思った。

お母さんはそのまま通り過ぎたが、2、3メートル先に進んでも、赤ちゃんはまだ「あぶあぶ」をやめなかった。いっそう激しく身体を震わせていた。

「駿ちゃん、どうしたの?」とお母さんが言った。

でも、ぐずりはおさまらなかった。それどころか、今度は大声で泣き始めた。

「どうしたのよ、駿ちゃん。どうしたのよ」お母さんは困ったような声を出して乳母車を停めてしまった。そして、駿君を乳母車から手に抱きかかえて、あやし始めた。

「ちょっと、待ってて」ウェルターはそう言うと、赤ちゃんの目の前まで飛んで行った。

ウェルターはそこで宙返りをし、８の字ダンスをし、お辞儀をし、アッカンベーをした。

駿君のご機嫌はいっぺんになおった、そしてきゃっきゃっと笑いだした。

「今日の駿ちゃんは変ですねぇ、きまぐれ屋さんですねぇ」お母さんはそう言ってしっかり駿君を抱きしめた。

駿君の機嫌がなおると、お母さんはまた駿君を乳母車に戻して「一緒に歌を歌いましょうね」と言って、澄んだ声で『ゆりかごの歌』を歌いだした。

駿君の笑い声を乗せて乳母車は遠ざかって行った。

「あの赤ちゃん、ウェルターが見えるのね」戻ってきたウェルターにわたしは言った。

「赤ちゃんには、ぼくが見えるよ。でもまだ言葉が話せないからね。それが残念だよ。じゃあ、はじめるとするか」

ウェルターがタクトをわたしに向けた。

「気を楽にして、肩の力を抜くんだよ」とウェルターは言った。

わたしの体が浮き出した。地面がわたしを支えている感覚が失われていた。鉄棒にぶら下がった感じだが、腕にかかる体重がない。でも、体が軽くなったわけではなかった。わたしは、ゆっくり、ゆっくり、音もなく上に上がって行った。

田植えをしたばかりの地上の田んぼが遠のいて行き、その向こうにピーマンやトマトを植えた畑が見え、その向こうに立ち並ぶ3軒の住宅も見下ろせた。竹垣で囲まれた家、中庭に鉢植えをたくさん並べた家、もう1軒の家は、納屋のそばに三輪車が放置されていた。

自分の足をバタバタさせてみたが、空中を泳ぐばかりだった。こわくないと言ったらうそになる。やはりこわかった。すぐ傍らにウェルターがついていた。でも、やはりこわい。このまま、落ちたらどうなるのだろうか。絶対、助からない、バラバラになってしまう。そう思うと胸がドキドキした。思わず、「小夜ちゃん」とわたしは叫んでいた。

すると、びっくりしたことには、わたしの右横に小夜ちゃんが現れた。小夜ちゃんは、わたしと一緒に上昇しているのだった。

「五月ちゃん、だいじょうぶだよ。わたしもそばにいるんだからね」と小夜ちゃんが笑いながら言った。今日の小夜ちゃんはこの前の小夜ちゃんではなく、しゃべるのだった。

わたしたちはどんどん上がって行った。見える範囲が大きく広がり、建物の数がどんどん増えて行った。住宅ばかりだと思っていたら、畑や草地がところどころに残っていた。新しくできた道路の歩道の街路樹が明るい緑の葉っぱを豊かにつけている。入り組んだ狭い路地はまるで蜘蛛の巣みたいだ。いつも横断する大通りにはトラックが列をなして、そのむこうにはわたしたちの学校がひっそりと建っていた。

「どこまで上がるの?」とわたしはウェルターに尋ねた。

「それは君が決めることだよ。君はもう自由に動けるんだからね。上にも下にも前にも後ろにも右にも左にもいけるはずだ。やってごらん」

わたしは両手を横に出して全身十字の姿勢を取った。右、斜め上の方向に行こうとすると、そこにあるうさぎ形の綿雲の方に移動した。途中から、左の方、ハット形の雲に進路変更すると、今度は、体はそちらに移った。小夜ちゃんもわたしに付き合ってくれていた。

ハット形の雲の真下に来た時、わたしは小夜ちゃんと手をつないだ。すると、なんと手の感触があった。ほっそりと長く、前に、わたしのお母さんが小夜ちゃんの手を見て、「素敵な手ね」とほめたあの手だった。これはまぼろしのはずなのに、なぜ、これほど普通に感じるのだろうか。ウェルターに聞いてみたいところだったが、すぐに、それはどうでもよくなった。

わたしと小夜ちゃんは手をついだまま、地上と水平になって下界を見下ろしていた。

地上では風がまったくなかったのに、そこでは強い風が吹いていた。その風はわたしの体の中を吹き抜けていた。ということは、ここにいるわたしはおそらく、体をもっていないのではないだろうか。小夜ちゃんと同じくまぼろしのようなものになっているのではないだろうかと思った。でも感覚はあった。

「気持ちがいいね」とわたしは小夜ちゃんに言った。

小夜ちゃんはうなずいた。いつのまにか恐怖は消えてしまっていた。

「風乗りをしてみるかい?」突然耳元で、ウェルターの声がした。

「なによ、風乗りって」

「風に乗って飛ぶことさ、もっとずっと気持ちがいいはずだよ」

「じゃあ、小夜ちゃん、やってみようか」

「やろうやろう」と小夜ちゃんが言った。

「それじゃ、まず、丘の方に行こう」とウェルターが言った。

わたしと小夜ちゃんはまた手をつないでウェルターのあとについて移動し始めた。

泉野から寺町台地の住宅が密集した地域の上を飛んで、大乗寺丘陵公園の上にさしかかると、風はいっそう強くなってきた。といっても町の中を車で走るほどのスピードだろう。

「それじゃ行くよ。ここは、風の流れが複雑だから気をつけるんだよ。さぁ、ぼくについてきて」

ウェルターを先頭にして、わたしたちはそこで風に乗った。わたしたちは、丘の斜面に沿って大地をなでるように降り始めた。

途中で小夜ちゃんとつないでいた手を放すと、その瞬間、小夜ちゃんの体が上に舞いあがり、わたしの方は地上すれすれまで急に下降した。

野田山、三小牛山から犀川にかけては、地上の凹凸が複雑で、さらに、竹林、雑木林、畑、段丘、河原などが入りくんでいる。遠くの白山の方から吹き下ろしてくる風は、それに影響されて方向も向きも強さも定まっていないようだ。瞬間瞬間、上手に判断し、舵《かじ》取りをしないとどこかへ弾き飛ばされてしまいそうだった。

ウェルター大先生の先導で、わたしたちはスリルを味わいながら、犀川ダムの上までやってきた。そしてそこから、犀川の流れに沿って下ることにした。

大きな岩がごろごろころがっている上流から、中流の緑地公園横の河川敷まで来ると、30人ほどの子供たちがボール遊びをしたり縄跳びをしていた。フラフープをしている子、犬を散歩させている人たち、ジョギング、散歩をしている人たちもいた。川面に太陽が反射してとてもまぶしい。こんなに人が多いところなのに、その上空を、7、8羽、あるいはもっとたくさんのとんびが、のんびりと、弧を描いて飛んでいた。わたしは、その1羽に近づいたとき、「なぜ、上流の人のいないところで飛ばないの?」と尋ねたい気持ちにもなった。もしかすると、河川敷で坊やがぱくついているハンバーガーを狙っているのかしらと疑ってしまう。

その後、わたしたちは一旦、川面近くまで高度を下げて、上菊橋、下菊橋の二つの橋の下をくぐった。川のにおいがぷんぷんにおった。

川から離れたのは、桜橋付近で、そこからは、大通りの両側に立並ぶ低いビルの間を兼六園、金沢城公園の方に向かった。

兼六園、金沢城公園あたりは、多くの観光客が青々とした美しい緑を愉《たの》しみながらそぞろ歩いていた。

そして、兼六園を一巡してから、わたしたちは卯辰山の中腹に向かった。

山側環状道路では、多くの車がスピードを上げてしきりに通行しており、そのせいで交差点付近ではつむじ風が起こっていた。わたしたちは、それを利用して方向転換し、ちょっとしたジェットコースター気分を味わいながら鈴見トンネルの中へ突入した。

そして、長いトンネルを出た先は、山向こうの市街地だった。このあたりになると、わたしは市内のどこを飛んでいるのかさっぱりわからなくなった。ただウェルターの後をついていくだけでせいいっぱいだった。

いつしか、わたしたちは広大な田園を一直線に走る道路の上を飛んでいた。前方に目を向けると小高い丘が長々と横たわっており、その向こうはきらきら光る海だった。

「うわぁ、海だ」とわたしは言った。

「日本海ね、2年生の時、内灘にバス旅行で来たわよね」と小夜ちゃんが言った。

「わたしは去年の夏も家族みんなで海水浴に来たのよ」とわたしが言った。

わたしたちはおだやかな海風に逆らって道路の上を飛んで行った。

海岸付近では、渚《なぎさ》で遊んでいる人たちのグループが七つ、八つと見受けられた。

その内に、波打ち際ではだしになって立っている小さな人影があり、わたしたちはそれに近づいてみた。1人は小学校3、4年生ぐらい、もう1人は幼稚園の上級くらいの兄弟らしかった。

兄の方はすでに2個の貝殻を手に持っていたが、弟は1個も持ってはいなかった。弟は1個ほしいと兄にねだっていた。

「お前、自分でとりな。それくらいできるだろ。甘えちゃいかんぞ」と、おそらくお父さん気取りで弟に言っていた。

弟はくやしそうに自分の近くを見降ろしたが、一面は、小石だけが散らばった砂浜だった。

ウェルターがスーッと弟の方に飛んで行って耳元で何ごとかささやいた。すると男の子が3歩、歩いてぬれた砂浜を掘り始めた。でも砂地はとても固かった。

「そんなところに何もないぞ。お前、馬鹿だな」と兄は見下ろして言った。

そのとき小波がさっと押し寄せてその場所を洗った。波が引いてみるときれいで大きな2枚貝の貝殻が出てきた。

「おっ、すげえ、お前、どうしてここにあること、わかったんだ」兄が驚いて声を上げた。

わたしは小夜ちゃんと顔を見交わして笑った。

海の方に目をやると、波はとてもおだやかで、そして、沖の方には2そうのヨットが波に揺られて浮かんでいた。

「これからどうしようか」とわたしはウェルターに言った。

ウェルターがまだ兄弟の姿を見つめているので「どうしたの?」とわたしは尋ねた。

「いや、なんでもないよ。ただ、ここに来る途中、ハンス・ミューラーさんがこの街のどこかにいるような気がしたのさ」とウェルターは言った。

「ほんと?　どうしてそう思うの?」

「飛んでいる途中、誰かがぼくを呼んでいるような気がしたんだ。そこへ吸い寄せられそうになったんだ」

「どのあたりでそうなったの？」

「それはわからない。ほんの一瞬だったからね」

「でも、それはウェルターにとってとても大事なことじゃないの。もう一度帰りに同じ道を飛んでみようよ」

「ありがとう。でも、そんなことをすると日が暮れてしまうよ。またにしよう。今日は十分飛んだんだから、もう帰らなくっちゃ。小夜ちゃんもそれでいいよね」

「わたしは五月ちゃんしだいだから」と小夜ちゃんが言った。

結局、わたしたちは海岸近くで大きな円を3周描いて飛んでから帰途についた。

わたしたちがもとの田んぼの場所にもどって来たのは出発してからおよそ2時間たった頃だった。

浮いていた綿雲は流れ去って、太陽は前よりだいぶ西に傾いていた。すると、いつのまにか、小夜ちゃんはいなくなっていた。

「小夜ちゃんはどこに行ったのかしら？」わたしはあたりをきょろきょろ見回しながらウェ

ルターに聞いた。

「今でも君のすぐ近くにいるよ。小夜ちゃんはいつも君によりそっているんだ。そして本当に君が望んだときには現れてくれるよ」

「小夜ちゃん」と本気でわたしは呼んでみた。

「何なの、五月ちゃん」たしかにすぐ近くで小夜ちゃんの声が聞えたので安心した。でも姿は見えなかった。

こうして、今回の周遊は、わたしとしては、かなりの冒険だったのだけど、この後にすることになる超大冒険の旅（これには、当然小夜ちゃんも一緒だった）に比べるとほんの小手調べみたいなものにすぎなかったのだ。

ウェルターは真泉神社の境内、狛犬の側でわたしにかけていた魔法を解いた。実はこのとき、わたしは大きなミスをしてしまっていたのだ。

「だれも見ていないよね」とウェルターが念を押したとき、わたしは周囲をしっかり確かめもせずに「だれも、いないよ」と言ってしまったのだが、この変身の様子を神社を囲む石造りの塀の隙間から見ていた人がいたのだ。

このことに気付いたのは神社を出ようと鳥居をくぐったときだった。わたしの前に1人の人がふっとたちふさがった。それは、前にここで会った白髪の品のいいおばあさんだった。

「あ、こんにちは」とわたしはとっさにあいさつをして頭を下げた。

おばあさんは、何も言わず、疑り深そうな目でわたしをじろじろと見た。

「あなた、もしかして……」とおばあさんが何かを言いかけた。

わたしはおばあさんの言葉を振り切って一目散《もくさん》に道路を家に向かって駆けだした。

十四

明くる日、夕焼けがそろそろ始まりかけるころ、わたしはなんとなく落ち着かなくなってきた。なぜなら、おじいちゃんがお仲間と金沢駅近くにある「太郎茶屋」という和食レストランでお食事をすることになっている時刻だったからだ。その席では、きっとハンス・ミューラーさんの話が出ることだろうと思ったからだ。

「ちょっと、お友達のところに行って来るわ」とわたしはお母さんに言った。

「もうすぐ、晩御飯なのよ。すぐ帰って来られるの？」

「それまでには帰って来るからさ」とわたしは言った。

「よし、ぼくが散歩がてら友達の家の近くまで送っていこう」肘掛け椅子に座ってテレビを見ていたお父さんが口を出した。

「いいから、いいから」わたしはそう言って家を飛び出した。

太陽は通り向こうの谷口さんの家の陰に入ったところだった。でも、まだ十分明るい。わたしは真泉神社まで走っていった。

「こんな遅い時間にどうしたんだい」とわたしを見るなりウェルターは言った。

「今日、おじいちゃんがお仲間と会って食事をするのよ。そこに一緒に行ってみない。きっとハンス・ミューラーさんの話をするよ」

「そうかぁ、それなら、ぼくも聞いてみたいなぁ」

「そうだと思ったわ。すぐ行きましょうよ」

「場所はどこなんだい？」

「金沢駅前の裏通りにある『太郎茶屋』というお店なの。おばあちゃんの法事の日に、みんなで食事をしたところよ」

「よし、じゃあ、行ってみよう」

今度は念入りに付近にだれもいないことを確かめてから、わたしはウェルターに魔法をかけてもらいファントムに変身した。

飛んでいけば、太郎茶屋まで1分とかからない距離だった。

駅前のこのあたりは高低大小の現代的なビルばかりだが、この店は平屋の和風の建物で、黒光りのするかわらが鈍い光を放っている。玄関の脇に店の名前が書かれた大きな提灯が飾られその中にうすぼんやりとした電球が入っていた。部屋の数は10ばかりで、1部屋ずつのぞいて行くと、隅々まで整備された日本式の庭に面した座敷でおじいちゃんたち3人が座卓を囲んで座っていた。

そこには料理を盛った皿が所狭しと並んでいた。もちろん、お銚子も何本かあった。

「この金時草とかぼちゃは実に見事な色とつやだね」と白い長髪の大友さんが言った。

「加賀野菜はなかなかのものだな」とわたしのおじいちゃん。

「このレンコン、太いキュウリも加賀野菜だな。味もなかなかいいよ。日本料理というのは見て楽しみ、食って楽しみ、言うことなしだね」ともう1人のおじいさん。

「楽しみは、もう一つあるよ。この器を見たまえ。このすばらしさも愛でなければいけないよ。

これは九谷焼だね」と大友さんが付け加えている。

「あんたは焼き物を見る目を持っておるが、わしには何がいいのかさっぱりわからんのだよ。堀君はどうかね」とわたしのおじいちゃんが言った。

3人目は堀さんという人だった。

「わからんでもない。でも、これだけは口では説明できんな。それは感じるものなんだろうな」

3人の話は、こんな調子だった。このあと、昔の思い出が語られて、半年前の温泉旅行の話になった。

わたしとウェルターは床に置かれた生け花のそばでなりゆきを眺めていた。

約10分経ったが、3人は相変わらず世間話ばかりしていた。そのうち、堀さんの孫の話が出たので、おじいちゃんがわたしの話を思い出してくれるのではないかと期待した。

なんでも、堀さんのお孫さんは学級新聞の係をしている小学校6年生の男の子で、その新聞に載せるのだと言って2人の同級生とともに堀さんをインタビューしたらしかった。

「長生きするってどんな気持ちですか、と僕《ぼく》に聞くんだよ」

「ほう、それであんたはどう答えたんだね」とわたしのおじいちゃんが尋ねた。

「感慨無量と答えてやったよ」

「そんな難しい言葉は小学生は知らんだろう」とわたしのおじいちゃん。

「いや、わしの孫は知っておったんだ」

「ふーん、大したもんだな」

「それでね、孫はその無量の中身を聞きたいと言うんだな」

「あんたの孫はちょっとなまいきではないかな」黙って聞いていた大友さんがギョロっとした目で堀さんを見た。

「なんだと」堀さんが怒りを顔にあらわした。

「けんかはいかんよ、けんかは」おじいちゃんが口を入れた。「孫の話が出るとすぐ自慢話になる。そしてけんかになる。この前は、大友君が孫を自慢して、堀がちゃちゃを入れて言い合いになったんだったな。いい年をして見苦しいことだ」

「そうだったかな?」と堀さん。

ここから、わたしの頼んだハンス・ミューラーさんの話になるのかと思ったら、そうはならなかった。

わたしはじれったくなって、おじいちゃんにスーッと近づいて行き、「ハンス・ミューラーさんの話はどうなるのよ」と囁いた。大友さんや堀さんには聞えないように注意した。

「ハンス・ミューラーか……」おじいちゃんが呟いた。

2人は「なんだ」という顔でそろっておじいちゃんを見た。

「ああ、そうだったな。あんたの孫娘がドイツ人の消息を知りたがっておるんだったな」そう言って、大友さんは上着のポケットに手を突っ込んだ。

そして、取り出したのは小さなぼろぼろの古い手帳だった。

「わしの伯父はレイテ島で戦死したんだが、それ以前、商事会社に勤めておって、ドイツに派遣されていたことがあって、開戦間際に日本に戻ってきたんだ。これはな、そのころのことを記した伯父の手帳なんだ」

「この中にハンス・ミューラーという人が出て来るのかね」とおじいちゃん。

「うむ、そうなんだ」

「ちょっと、わしに見せてくれんか」と言ったのは堀さんだった。

堀さんは渡された手帳を手にとって、外見をしみじみと眺めた後、注意深くページをめくり始めた。

「伯父はドイツから日本に戻る道中、このハンス・ミューラーという人と一緒だったようなんだ」大友さんが言った。

「当時なら船旅になるな」おじいちゃんが言った。

「うん、そうだ。イタリア、ナポリを出て、スエズ運河を通ってアラビア海、インド洋を経て、シンガポール、香港に寄港して神戸に到着した。1ヵ月近くはかかったことだろうな」大友さんが詳しく説明した。

「これは実に興味深い手帳だな」と堀さんが目を細めて言った。「丁寧な細かい文字でぎっしり書かれている。あんたの伯父さんはとてもきちょうめんな人だったとみえる。この日付、1938年11月9日というのはいわゆる『水晶の日』のことだな。ほら、多くのユダヤ人がナチスに襲われたあの日だよ」と堀さんが言った。

「さすがは元高校教師だな。よく知っているね」と大友さんが言った。

そこで、堀さんは手帳を大友さんに返した。

大友さんは折り目のついたところを開いて語りだした。

「ところでハンス・ミューラーのことはそれほど多くは書かれているわけではないんだ。でもかなり親しかったようだな。そう思われる箇所がここだな。ちょっと読んでみよう。カタカナ文字で漢文調に書かれているが、今の言葉に直してみるからあしからず。えーっと『その夜、ハンスはデッキで1人で泣いていた。どうしたのかとわたしは尋ねた。ミュンヘンにいる弟が今亡くなったのだと目を真っ赤にして言う。船の上で何の連絡もないのにどうしてそんなことがわかるのかとわたしは聞いた。するとハンスはただ感じるのだと言った。そして心がきりきりと痛むのだと自分の胸を押さえた。わたしはこう言った。君は考え過ぎだ。いつも気にかけているからそんな妄想《もうそう》に取りつかれるのだ。君は明けても暮れても弟の話をする。それだけ弟と強い心の絆で結ばれているということなんだろう。しかし、君の弟は大丈夫だよ、きっと生きているよ、希望を持ちたまえ。生き抜けば、いつか、必ず会える時が来る、それまでがんばるんだとわたしは何度も励ました。しかし、ハンスは一晩中泣き通した』

「ハンス・ミューラーとはどういう経歴の人だったのかね」おじいちゃんが言った。

「ミュンヘンで商店を営んでいる人の息子だったようだな。さっき、ちょっと読んだところに、そう書いてあった。ユダヤ人だったのじゃないのかね」と堀さん。

「はっきりしないが、そう思わせるところがたしかにあるな」と大友さんが言う。そして手帳の後の方の別の折り目を開いて話し続けた。「船は神戸に着いて、伯父は、大阪にいるはずのハンスの知人の家にハンスを送って行ったんだが、その人は家族ともどもアメリカに引っ越してしまっていた。わしが思うに、ナチスの手からのがれるためにアメリカに避難したんじゃないかな。とすれば、その人はユダヤ人かロマか、あるいは政治犯だったのかもしれないいな」

「その後、ハンス・ミューラーはどうなったのかね」おじいちゃんが聞いた。

「乗りかかった船というか、結局、伯父はハンスを金沢に連れてきたんだ。というよりそうせざるを得なかったのだろうな」

「金沢にか……」堀さんが驚いて言った。

「すぐにかどうかは分からんが、頼る人が他にだれもいないのでやむを得ずそうなったのではないかな」

「ふうむ、金沢に来てからのことはどう書いてあるのかね」おじいちゃんが身を乗り出して聞いた。

「それが、それから後のことはどうもわからんのだよ。手帳には『ハンスを伴って金沢に帰郷』と書かれていてあとは空白だ。帰国してすぐ伯父のところには赤紙が届いて入営してしまったからね」

「あんたの伯父さんはレイテ島で戦死なされたんだったな」おじいちゃんが言った。

「そうなんだ。わしのおじおばのうちで一番の傑物《けつぶつ》だったそうだよ」

「案外、そんなもんなんだな。つまらん人間ばかり生き残る」と堀さんが言うと、みんな押し黙ってしまった。

「すると、ハンス・ミューラーはどこに行ったんだろうか」おじいちゃんがしばらくして尋ねた。

「わしの親父は当時県庁に勤めておったから、どこかしかるべきところに世話をしたとも考えられるな。しかし、親父はもうだいぶ前に亡くなっておるしな」大友さんが言った。

「生前、親父さんから何か聞いておらんのかね」と堀さんが言った。

「わしは親父が苦手でね。まともに話したことなど一度も無かったのだよ」

「ハンス・ミューラーが今も生きているとしたら相当な高齢だが、もう、死んでいる可能性の方が高いのじゃないかな」わたしのおじいちゃんがぽつりと言った。

するとウェルターが急におじいちゃんの耳元まで飛んで「ハンス・ミューラーさんは生きているんだ。生きているんですよ」と高い声で叫ぶように言った。その声は他の2人にも聞えるほどだった。

「あんた、今、何か言ったな」と堀さんが穴のあくほどおじいちゃんを見つめている。大友さんも同様で「ハンス・ミューラーは生きているとかと聞えたが、それはどういう意味なのかね」と言う。

おじいちゃんはあわてふためいて「わしはそんなことを言ってはおらんぞ。あんたが言ったんじゃないのか」とおじいちゃんが大友さんに言った。

そんなこと、わしが言うはずがない、言ったのはあんただろ。いや、わしじゃない。それじゃ、やはり君か。いったい、誰なんだと3人は、さかんに言い合うことになってしまった。そして最終的な結論は、3人が同時に空耳を聞いたということでこの場はおさまった。

「実は、わしはこのハンス・ミューラーという人に一、二度、会ったことがあるんじゃよ」と大友さんが急に言い出した。

「それを早く言わんかい」と言ったのはおじいちゃんだった。

「わしが覚えているのは小学校に入学した日じゃったのう。学校から帰って来るとその外国人が玄関に立っていた。すらっとした背の高いハンサムな人じゃったな。自ら名乗ってわしと握手をした。大きなごつい手じゃったのう。覚えているのはそれだけなんじゃが」

「すると、それは昭和14年の4月のはじめか」おじいちゃんが言った。

「そうなるかな。もう一度どこかで会うたと思うがそれは思い出せない」そう答えながら、大友さんは手帳をはじめからもう一度めくっている。「これ以上のことはどうもわからんな」

「うーむ、これだけじゃ、わしの孫もがっかりするじゃろうがいたしかたないわい」

「わしの甥《おい》が市役所に勤めておるが」と言い出したのは堀さんだった。「ハンス・ミューラーが金沢に住みついたとすれば市役所にその記録が残っているかもしれんぞ。それを調べてもらってやろうか」

「しかし、戦前の、今から80年近くも前のことだからな」と大友さんが言った。

「金沢は空襲を受けておらんから、もしかすると何か記録が残っておるかもしれんじゃないか」

「それじゃ、面倒じゃが、頼もうか。悪いのう」とおじいちゃん。

「いやいや、しかし、これは受けあえん話やぞ」

おじいちゃんはお銚子を持つと、堀さんにお酒を勧め、大友さんにも勧めた。

わたしとウェルターはそこまで見届けてから太郎茶屋を飛び出した。予定の1時間をもうはるかに越えていた。

外の空はすっかり暗くなっていた。駅前にはトランクを持った旅行客の姿がまだちらほら見えていた。ライトをつけた車がさかんに行きかい、鼓門や広場のオベリスクと立ち木と草花がライトアップされて浮かび上がっていた。

「期待したほどじゃなかったね」とわたしはウェルターに言った。

「ハンス・ミューラーさんが金沢に来たことが分かったのは大収穫だよ。問題はその後のことだな。すっかり遅くなっちゃったね。君のお父さん、お母さん、心配してるよ、いそがなくっちゃ」と言うウェルターはわたしより元気だった。

十五

40分近くも遅れて家に帰ったので、わたしはお母さんにひどく叱られた。お父さんがわたしをさがしに三度も町内を歩きまわったのだそうだ。

「いったい、どこに行っていたの」と何度も聞かれて返事につまり、わたしは「おじいちゃんに用があったのよ」と答えてしまったが、いうまでもなく、これはまったくの嘘ではない。それ以上こまかなことを聞かれなかったので内心ほっとした。

この、しつこく聞かれなかった理由が、その日食事中に放送されていたテレビ特番の内容にあった。たまたま、お父さんは日頃宇宙に関心を持っており、この日はその最先端の話題の一つ、ブラックホールについてだったのだ。

わたしは、ブラックホールという言葉はすでに知っていたが、詳しいことは何も知らなかった。

放送は、まずブラックホールは宇宙に無数にあることを伝えていた。そして、地球が属している太陽系の銀河にも巨大なものが存在していると告げていた。

そもそも、ブラックホールって何なのだろうか。次は、放送の受け売りだ。

それは、名の通り、宇宙にできた限りなく大きな穴のことなのだそうだ。そこでは、ありとあらゆるもの、光でさえも、その中に吸い込まれていくのだという。そして、それがどのようにしてできるのかというと、巨大な星が長い年月を経てその寿命を終え、一瞬の内に縮んだときにできるのだと、ナレーターは結果だけをあっさりと語っていた。

正直なところ、どうしてそんなことになるのかわたしにはさっぱりわからなかった。

「なんでそうなるの?」とわたしは、お父さんに聞いた。

「あらゆるもの、生物、無生物、すべては原子という粒でできているが、その中心にある原子核はとても小さく、またその周りを回っている電子もさらにずっと小さい。つまり、原子って、実はその大部分がスカスカの空間に過ぎないんだよ。星が縮むというのは、その空間部分がなくなることをいうんだ」と教えてくれた。わかったような、わからないような答えだった。

番組の中でブラックホールの最新の映像が映しだされた。なんかぼんやりとした、小学2、3年生の描いた絵のようなものだった。これを目にした物理学者が興奮気味に語っているのだが、わたしには実感がわかなかった。

お父さんは、放送中、画面をわき目もふらず真剣に見入っていた。特に、地球上でもほんの小さなブラックホールなら造り出すことができ、実際、それをやろうとしている科学者のグループがいるというところでは、ひときわ、真剣なまなざしだった。

一方、科学に弱いお母さんは、面白くもなさそうだった。

わたしといえば、半分もわからないので、テレビの画面を見たり、食事をしたり、お父さんとお母さんの様子を見たりしていた。でも、わたしなりに興味は持っていたのだ。

ナレーターは、次のように述べて番組を締めくくった。

ブラックホールについて、現在は、以前よりはるかに多くのことがわかってきているが、まだまだなぞは多く、まだ、むしろ、わからないことの方が多い。でも、ブラックホールを解明することは、興味本位のレベルを超えて、今では宇宙誕生のなぞを解く鍵《かぎ》になる可能性もある。少なくとも一部の研究者はそう考えている、と。

わたしにとっては不満だらけの特番だったのだが、ただ一つとても興味をひかれたことがある。

それは、そのブラックホールに吸い込まれた後の行き先だった。吸い込まれたからにはどこかに行くはずだ。その先には何かがあるはずである。なければおかしいだろう。

「ブラックホールに入ったらどうなるのかしら」

わたしは、ついそれをぽろりと口にした。

「さぁ、どうなるのかな。それは僕《ぼく》にはとてもわからないよ」とお父さんは答えた。

番組ではこれについては少しも触れなかった。

「将来、人類は宇宙に出て行こうとしているが、どれほど科学技術が進歩しても、ブラックホールまでは行けないだろうな」とお父さんは続けて言った。「しかし、その分わたしたち人間は自由に空想できる。夢が広がる。それでいいんじゃないのかな」

「科学者はどんな空想をしているのかしら?」とわたし。

「僕《ぼく》が以前読んだ本の中では、たしか、ワームホールとかいうものがブラックホールにつながっていて、異次元の世界に入り込めるのではないかと書いてあったよ」

「異次元って何?」

「我々が生きている世界とはまったく違う別の宇宙のことさ」

「そんなものがあるのか」

「いや、あるのかどうかもわからない。その説によると過去の時代にも行けるんだそうだ」

「タイムスリップできるということ?」

「ほう、五月はそんな言葉を知っているのか」

「こんな話、あなたが将来パン屋さんになりたいことと関係がないんじゃないの」とお母さんが初めて口を出した。前に、将来、わたしがパン屋さんになりたいと言ったから、ひやかしたのだ。

でも、今のわたしは、このところ、何事もウェルターに結びつけて考えるようになっていただけだ。

もしかしたら、ウェルターの「魔法」で、ブラックホールに行けるのではないかとほんのちょっぴり思っただけなのだ。

しかし、地球からの距離があまりにも遠い。番組によれば、最も近い銀河形の真ん中にあるというブラックホールだってそこまで行くのに光の速さで28、000年もかかるんだそうだ。

お風呂に入っているときも、そしてベッドに横になっても、ブラックホールのことがわたしの頭から離れなかった。

「ブラックホールに行くことができて、もし、時間をさかのぼることができたとしたら、ハンス・ミューラーさんの行方なんてすぐわかるんじゃないかしら」わたしは重くなりかけたまぶたで一人思い、そして、「そう思わない……小夜ちゃん」とつぶやいていた。

するとただちに小夜ちゃんが目の前にいきなり姿を現したのでわたしはびっくりした。

「そうねえ、あなたらしいおもしろい着想だけど、わたしは無理だと思うな」小夜ちゃんは言った。

「本当にだめなんだろうか、何か方法があるんじゃないだろうか」わたしの天邪鬼《あまのじゃく》な気持ちがむくむくとわきあがってきた。

「あなたなら、そう言うと思ったわ。何だって挑戦しようとするんだからね」と小夜ちゃんは笑った。「でもね、光速で28、000年もかかるのよ。28分じゃないのよ、とても無理だわ。無理無理」

「そうかなぁ、でもウェルターならできそうな気がするじゃないの。これまでわたしが望んだことはなんでも実現してくれたよ」

「何でもしてくれるからって、だめなものはだめなのよ。あなた、ウェルターを困らせようとしているんじゃないの。そういうの、よくないと思うわ」

「そんなことはないよ。とにかく話してみることにするわ。ああ、わたし、もう眠くなってきた……。じゃあ、小夜ちゃん、またね、おやすみ」こうしてわたしは深い眠りに落ちていった。

あくる日の午後、学校からの帰り道、神社に寄って、早速、わたしの考えをウェルターに話してみた。考えといったって、まずはタイムスリップ以前に、ブラックホールの探検をすることだった。

ウェルターは目を丸くしてわたしをしばらく見つめていた。それから腕組みをして考え込んでしまった。まゆの間にしわをよせて、いっぱしの学者のような顔だった。それがこっけいだった。

「どう、できないかしら」

「これまでこんな提案されたこと、一度もないんだよ。本当にできることなのか自分でもわかんないよ」

「ふーん。それほど大変なことなんだ」

やがて、ウェルターはジャケットのポケットからスマホのようなものを取り出し指で打ち始めた。

「何してるの?」

「計算さ。おおまかな計算をしてみるよ。今のぼくの感じじゃ絶対無理なんだ。日帰りで、せいぜい3、4時間でブラックホールまで行ってまた地球に戻って来なくちゃいけないんだろ」

「そうねぇ」

「ええと、……電子じゃだめだし、レプトンもだめか。ニュートリノでもやっぱり無理だろうなぁ。そしてエネルギーをどういう方法で補給するかも大問題だ」ウェルターは独り言をごちゃごちゃつぶやきながら計算機を打ちまくり、そして、頭をひねった。

「やっぱりできないみたいだな」数分してウェルターは言った。

「そこをなんとかしてよ。たとえば、ワームホールは使えないのかな」わたしは覚えたての言葉を使ってみた。

「ワームホールか……。うーん。とにかくすぐに返答はできないよ。この前、見せてあげた、ぼくが出会い、亡くなった人たちのなかには、偉い物理学者も何人かいるから、その人の生命をよみがえらせて相談してみるよ。何日か待ってくれないかなぁ」

そう言うなり、ウェルターは青白い顔をして本殿奥の神様のいる場所にそそくさと入ってしまった。頭が混乱してわたしのことなど構っていられないというふうだった。

わたしは立ち上がって、神社を出ようとしたが、そのとき、また、なんだか、人に見られているような気がした。人というより、あの気味の悪い白髪のおばあさんにである。わたしはさっとあたりを見まわした。ついでに上の方にも目をやった。社を覆った社の木々の葉むらの間に青空がのぞいているところもあり、そこから初夏の光が漏れていた。わたしは地上を、もう一度、今度はゆっくり点検した。あのおばあさんがいないはずがないという、そんな気持ちが働いていた。

すると、やっぱりいた。

おばあさんは、鳥居の陰からいきなり現れたのだった。そして、参道をわたしのほうに近づいてきた。

わたしの目はおばあさんの顔に釘付けになっていた。でも、今日のおばあさんの目は前ほど鋭くはなく、顔つきも心なしか穏やかだった。

「お嬢ちゃん」とおばあさんは猫なで声で言った。「わたし、あなたに一つ、お願いがあるんだけど聞いてもらえないかしら」

このやさしい言い方がわたしにはかえって気持ち悪かった。

「わたし、今日、学校の宿題がたくさんあるんですけど」

「お願いの内容を聞くくらいの時間はあるでしょ。お手間はとらせないわ」

「いいえ、だめなんです。今日は好きなテレビ番組も、ゲームもラインもできないほど忙しいんです。今度、ゆっくりお聞きしますわ」

「そんなはずないでしょ。あなた、さっきからずっと独りしゃべりしていたじゃないの」とおばあさんの口調は急変していた。

「では、失礼します」わたしはそういうと、おばあさんの横をすり抜けて前の通りに走り出て、一目散に走った。

「ちょいと、お待ちなさいよ、あなた」といらだたしげなおばあさんの声が後で聞こえた。

あくる日も、そのあくる日もウェルターはただいま研究中と言ってわたしの相手をしてくれなかった。

部屋で呼び出した小夜ちゃんは「それみたことか」とわたしに冷たくささやいた。

「やっぱり無理なのかしら」と思いながも、この日の宿題をし終えたとき、下からお母さんがわたしを呼んだ。

階段を下りていくと玄関におじいちゃんが立っていた。

「おう五月、この前の件だがな」とおじいちゃんが言った。「わしの友達の親戚の者にハンス・ミューラーの行方を調べてもらおうとしたんじゃが、どうも無理だと言うてきた」

「あの堀さんのおいの市役所にお勤めの人の話なの？」

「そうじゃが、お前どうしてそれを知っとるんだ」

「なんとなく…直感ね」

「おそろしいほどの直感じゃな。まぁ、いいが。堀君の話では、役所はプライバシー保護のためとかで個人情報を勝手におしえることはできないんだそうじゃ」

「ふーん。では何もわからなかったのね」

「うむ、残念だがな。だけどな、ハンス・ミューラーという人が金沢に来たことだけは間違いがないぞ、わしが若い時にな」

「こんなところで立ち話をせずに入ってくださいよ、お父さん」廊下に立っていたお母さんがそばから口を出した。

「いや、それだけを報告しに来ただけじゃからな。わしはもう帰るぞ」

「そんなことを言わずに夕飯でも食べていってよ、久しぶりなんだから」

「いや、夕飯は富沢さんがうまい料理を用意してくれておるからのう。それじゃ、帰るからな」

おじいちゃんはそれだけ言うと玄関を出て行った。

「へんなおじいちゃん、遠慮なんかしちゃって。うまい料理だなんてあてつけみたいだわ。ああ、感じが悪い。でも、ハンス・ミューラーっていったいだれなの」とお母さんがわたしを見て言った。

おじいちゃんの方がだめだとすると、やはり、ブラックホール行きに期待するしかないのではないか、わたしは強くそう思ったのだった。

十六

その翌日のこと、つまり3日目になって、ようやくウェルターの結論が出た。

なんとかできそうだというのだった。しかし、往復5時間ほどかかり、まだ解決していない問題も残っているという。それに危険も伴うので、これを実現するにはお父さん、お母さんのお許しを得なければならないと念をおされた。なんでも、以前、インドで男の子と冒険旅行に出かけたとき、道に迷って時間通りに帰れなくなり、後でそのお父さん、お母さん、おじいちゃん、おばあちゃんからひどいお小言を受けたそうなのだ。

でも、わたしはこれまで、ウェルターのことは誰にも話していないのだし、また、ウェルターの話を持ち出したところで、お父さん、お母さんには信じてもらえるはずもなく、どうしたらいいのかと途方に暮れた。

「これは君の問題だな。もし、お父さん、お母さんのお許しが出なければ中止にするよ」とウェルターはきっぱりと言った。

わたしはしゃくにさわったので、「このブラックホール旅行はハンス・ミューラーさんの行方を知るためなのよ。あなた、それわかっているんでしょうね」と強く言ってやった。

「やはり、そうだったのか。そうじゃないかと思っていたんだ。でも、ブラックホールからタイムスリップできるかもまだわからないんだよ。ぼくはそこまでの自信はないんだ」

「あなたがそんな弱気じゃ困るじゃないの。ハンス・ミューラーさんはとても高齢なのよ。これは時間との戦いなのよ」

「うん、たしかにそうだね」ウェルターはしんみりと答えた。

「小夜ちゃんの意見も聞いてみようか」

わたしはすぐ、小夜ちゃんを呼び出した。

「わたしは五月ちゃんに従うわ。どこまでも五月ちゃんについていくわ。だって親友だもの」と小夜ちゃんは言ってくれた。

「君も一緒に来るつもりなのか」とウェルターが言った。

「小夜ちゃんも一緒に行くのは当たり前でしょ。なんか都合が悪いことでもあるの?」とわたしが言った。

「ものすごい高速で飛ばなければならないからね。数百万分の1秒の違いでも離れ離れになっちゃうんだ」

「そんなに迷惑がかかるんだったらわたしはよすわ」小夜ちゃんが言った。

「そんなこと言わないでよ、小夜ちゃん。わたしだって、もちろんブラックホールをこの目で見てみたいとも思うけれど、まずウェルターの願いをかなえようと一生懸命考えたのよ。これまでだれもしたことのない旅行なんだから、当然、わたしだってとても不安だわ。でも、小夜ちゃんがそばにいてくれると思うからやろうと決めたんじゃないの。ウェルターだってわたしの気持ちをもっとわかってくれてもいいはずだわ」

「君の言う通りだ」、「五月ちゃんの言う通りね」2人は声をそろえて同時に言った。

こうして、全員一致で決行が決まった。そして、もしやるとしたら、間近に迫っている夏休み中にするのが一番いいのではないかということになった。

でもその前に、お父さんお母さんをどう説得すればよいのか、それが大きな課題だった。

その週末、夕食の後、わたしはお父さん、お母さんとこんな会話をした。

「お父さん、『走れメロス』って話知ってる?」

「ああ、知ってるよ。太宰治の書いた小説だよな」

「お母さんはどう……」

「それって、中学の教科書に載っていたのじゃなかったかしら。面白いお話でもなかったわね」

「今の時代とちょっとずれているかもしれんな」お父さんが言った。

「でも、友情の美しさ、大切さは十分伝わってくるわ」わたしが言った。

「たしかにそうだが、今は昔ほど友情の大切さが叫ばれる世の中じゃないからな。みんな、あまりにも忙しくなって。友情を考える気持ちのゆとりなんてないんじゃないかな」

「わたしもそうだと思うわ」とお母さんが言う。

「心の底では、みんな大切だと思っているでしょ」とわたしは言った。

「当然、そうだね。でも、友情の押し売りは良くないね。友達のためになにかをやるとしても、さりげなく、そっとするのが、お父さんは好きだな」

「それじゃ、お友達のために骨折ることには賛成なのね。ああ、よかった」

「何が、よかったなんだ……」お父さんが疑いの目でわたしを見た。

お母さんも同様の目つきだった。

「わたしのそばにとても困っているお友達がいるのよ。わたし、その人のために、夏休み中に1日、付き合ってあげたいと思っているの」

「付き合うって何をするの？」今度はお母さんが聞いた。

わたしは、その友達が、昔、行方がわからなくなったおじいちゃんを探していて、「黒穴」というところに行けば、今どこにいるのかわかるかもしれないという話をした。

「黒穴って英語で言えばブラックホールか。変な地名だな。それはどこにあるのかね」

「ずーっとずーっと遠いところなのよ」

「県境の山の中かな」

「わたしは白山山麓には何度も行ったけれどそんなところはなかったわね」お母さんが言った。

「バスで行くのか、それとも電車で行くのかね」

「飛んでいくのよ」

「ヘリコプターか……」お父さんが独り合点している。「そんな山の中じゃ乱気流があって危険じゃないかな」

「お友達は、もし危険とわかったすぐ引き返すと言ってるわ」

お父さんは宙に目をやってしばらく考えた。そして言った。

「よし、僕《ぼく》も有給休暇をとって付き合ってあげよう。そのほうがお母さんも安心だろう」

「でもあなたは山の中、苦手だったんじゃないかしら。蛇がいっぱいいますよ」お母さんが言った。

「蛇か、それはこまるな」

「わたしが、友達の真理子さんを誘って行くことにしましょうか。どのみち、近いうちに一緒に山登りをしようと言っているんだから」

「そんなに何人もヘリコプターに乗れないよ」わたしが言った。

「そうか、そうだろうな」とお父さん。

どうしよう、こうしよう、ああでもない、こうでもないと、お父さんとお母さんは話し合った。そして、最終的に、そんな危険を伴うことには賛成できないという結論に達した。そこでわたしは「かわいい子には旅をさせよ」ってどういう意味なのかと2人に尋ねた。その結果、話し合いはまた白紙にもどり、次の結論は、お母さんのお友達の父親が立山の登山ガイドをしているから、その人に付き添ってもらうことにしようということになった。わたしは、話がどんどん迷走《めいそう》して、どう収拾したらしたらいいのかわからなくなってしまった。

お母さんはわたしの返事も聞かないで、そのお友達に電話をかけ始めた。わたしは仕方なくことの成り行きを眺めているしかなかった。

「あら、そうなの。それは残念だわ。是非、お頼みしたいことがあったんだけど。それじゃ、またね。突然ごめんなさいね」

お母さんは電話を切ると「先月、80歳の誕生日を迎えて、その日で登山ガイドをやめちゃったんだってさ」と残念そうに言った。

「そんな高齢のガイドだったのか、すごい人がいるもんだな」とお父さんは感心していた。

結局、わたしの旅は、5時間以内に戻ってこられる日帰りの遠足のようなものとみなされ、オーケーとなった。

わたしはごまかしたつもりはないんだけど、決まってしまうとなんとなく気持ちは晴れなかった。

十七

1学期の最後の日がやってきた。笈川真澄先生が夏休み中の心得をていねいに説明した。中でも、「無理なこと、身の危険を感じることは絶対しないようにしてくださいね」と特に注意を促した。みんなは大声で「はぁーい」と答えたが、わたしは大きな声は出せなかった。

「今年は、みなさんがどんな自由研究をしてくれるのか、先生はとても楽しみにしていますよ。もうテーマを決めている人いますか。いるなら手を挙げてください」と先生が言った。

「はぁい」と言って、手を挙げたのは高部直樹君だけだった。

「お前、もう決めたのか、何やるんだよ」宮本健二君がそばから口を出した。

「それは秘密だな。みんな、あっと驚くぜ」高部君は自信たっぷりだった。

「先生も楽しみにしていますよ。ただ、去年の皆さんの自由研究を見ると、お父さん、お母さんに手伝ってもらったものが多かったような気がします。でも、あくまで、みなさんの自由研究なのですから、そのことを忘れないでね。自分でテーマをきめて、自分で一生懸命がんばることが大切なんですからね。去年、最優秀賞に選ばれたのも、みなさんの予想に反して、一番地味で目立たないものだったでしょ」

「何だったっけ」と誰かが言った。

「『我が家のゴミ減らし作戦』じゃなかった?」とわたしが言った。

「そうだったわ」と田辺さんが答えた。

「夏休み中に2日間登校日がありますから、その日にみなさんの元気な顔を見たいと思います。それから、もう一つ先生の希望を言っておきます。たくさん本を読んでくださいね。漫画じゃない本ですよ。そしてできたら感想文を書いてください。わかりましたね。それじゃ、今学期はこれでおしまいです」先生はこう締めくくった。

わたしはホームルームが終わってすぐ、宮本君の席に行った。

「お前、何の研究するんだよ」と横の席の高部君に再び問いかけていた。

「それはまだ言えねぇな」

「おれ、自由研究、何したらいいのかさっぱりわかんねぇんだ」

「猫の研究したらどうなんだ、お前、猫好きだろ」

「それは去年やったじゃないか。『猫のあくびの研究』」

「ああ、そうだったな」

「ちょっといいかしら……」そこでわたしが割り込んだ。

「何だよ」

「あなたのところに、いらなくなったおもちゃのロケットないかしら」と宮本君に言った。

「おもちゃのロケット？　そんなものどうするんだよ」

「とにかく、あったらほしいんだけど」

「おれ、もう5年生なんだぜ。そんな幼稚園時代のおもちゃなんかとっくに捨てっちまってら」

「五月、どうしてそんなものがいるんだ。もしかして、自由研究の材料なのか」と高部君が言った。

「そんなんじゃないわ」

「おれの弟の古びたやつならうちにあるぜ」高部君が言った。

「ああ、それでいいわ、それ、ちょうだい」

「ただし、ランプはこわれているし、翼が一つとれているんだ」

「それでいい、それでいい」

それですぐ、学校の帰りに、高部君の家に寄ってそのロケットをもらうことになった。

高部君の家は学校の近くの和菓子屋の「高部屋」だが、わたしの帰る方向とは逆である。

「お前、やっともとに戻ったな」太陽がかんかん照り付ける通りを一緒に歩いているとき、高部君が言った。

「なんのこと？」

「小夜ちゃんが亡くなって、お前とても落ち込んでいたじゃないか」

「そうだったね。今では呼べばすぐ現れてくれるし、全然さびしくないよ」

「ふーん。そんなふうに空想してんのか。小夜ちゃん、今頃、天国でどうしてるかな」

「高部君は天国があるって信じているの」

「信じているわけじゃないけどさ、うちのばあちゃん、そのうち小夜ちゃんが天国から生まれ変わって戻ってくると言っていたよ」

「そんなこと言っていたの」

「父ちゃんがそんなこと絶対ないと言うと、ばあちゃんは年寄りの願いをばかにするのか、この親不孝者って怒り出して、口をきかなくなるんだ」

「おばあちゃん、心底から信じ込んでいるんだね」

「うん、そうなんだ」

高部屋は小路に面した100年近く前に建てられた古い建物で、ここのおやきはとてもおいしいと今でも評判なのだ。ちょうど店の前で高部君のお母さんが道路に水まきをしていた。顔も身体も小さく、とても美しい人だ。高部君はこのお母さんに似ている。

「あら、五月ちゃん、久しぶりね」とおばさんが言った。

「ご無沙汰しています」

「ゆっくりしていきなさい。今、冷たいジュースをあげるわね」

「いえ、すぐ帰らなきゃいけないんです。ありがとうございます」

「そうなの、じゃ、今度はゆっくりしていらっしゃいよ。おじい様にはいつも、散歩の折にうちのお菓子、買っていただいているのよ」

「そうなんですか」

店内に入ると、高部君は奥に入っていった。わたしは入り口近くで立っていた。店内の暗さに目が慣れると、上がりかまちのところにおばあちゃんが座っているのに気づいた。わたしをにらんでいた。

「こんにちは、おばあちゃん」とあいさつした。

「あんた、だれじゃいな」とおばあちゃんはそっけなく言った。

「五月です」

「さっき来ただって、今、来たんじゃろうが」

「いえ、あの、わたし、堀川五月なんですけど」

おばあちゃんは機嫌が悪そうだ。まだ高部君のお父さんが言ったことを根にもっているんだろうか。

「これだよ。こんな古くて汚いのでいいのかな」

高部君は、長さ20センチほどの、青色が薄くなったブリキ製のロケットを手に持ってすぐに出てきた。

「これで十分だと思うわ、ありがとう」

わたしは、それを受け取るとすぐに表に出た。のんびりしていると、使い道を根掘り葉掘り聞かれそうな感じがしたからだった。

そして急いで真泉神社に行って、ウェルターにそれを見せた。

「これはいいね、操縦席も客席もついているじゃないか。願ったりかなったりだ」とウェルターは言った。

「でも、大きすぎて、ウェルターには持てないんじゃないの?」

「心配ご無用、見ててごらん」

ウェルターがタクトを取り出して、先をロケットに向けるとたちまちそれは小さくなり全長5ミリほどの大きさになってしまった。

「これじゃ、小さすぎるんじゃないの」

「これでも大き過ぎるんだよ。もっともっと小さくしなくちゃいけないんだ。ぼくらが出かけるときはニュートリノよりもずっと小さくなるんだからね。今の世界の科学でまだ発見されていない粒子（小さな粒）まで小さくならなければいけないんだ」

ニュートリノについては、前にお父さんから話を聞いたことがあるし、ウェルターからも聞いている。

「それじゃ、5日後、7月26日、午前8時に出発することにしよう」ウェルターが言った。

「わかったわ」

「それじゃ、その日までに詳しい飛行ルートを決めておくからね」

「あ、ちょっと待って」わたしはウェルターを呼び止めた。

「雨天決行なの？」

「天気なんてどうでもいいんだけど、君のお父さん、お母さんに安心してもらうためにも、雨じゃまずいかな、それじゃ、雨のときはあくる日に延期しよう」

「わかったわ」

そして、わたしが鳥居を抜けようとしたときだった。

また、あのおばあさんが現れた。こうなると、わたしを張り込んでいたとしか思えなかった。

「今日こそ、わたしの願いを聞いていただくわ」とおばあさんは強い口調で言った。

わたしは適当な口実も思いつかず、うらめしい気分でおばあさんをながめた。

「あなたが魔法を使えることは、この目で見て、わたし、ちゃんとわかっているの。その上でのお願いなんだけど、1日だけ、わたしを20歳のころの姿に戻してほしいのよ」

「ええーっ」わたしはあきれて思わず大声を出してしまった。ちょうど通りがかったブルドッグのヨシズミ君を連れたおばあさんがわたしたちを振り向いて見たほどだった。

「わたし、そんな魔法なんか使えませんよ」

「そう言うと思ったわ。でもわたしは間違いなく、あなたが変身するところを見たんです。わたしの目は節穴ではないんですよ」まじめに、そしてねちねちとおばあさんは言い、わたしにだんだん迫ってきた。

「あの、実は」わたしはおばあさんの迫力に押されてたじたじとなった。「あれ、わたしの魔法じゃないんです。お友達の魔法なんです」

「あら、そうなの、それじゃ、そのお友達に頼んでちょうだいな。わたしはだれの魔法であろうとかまいませんの。要するに実行していただければいいんですよ」

「でもお友達に聞いてみないとわかりませんけど」

「そうね。わたしも、今すぐにしてくれとは申しません。また、魔法の有効期限も1日が無理なら2、3時間でも結構なんですよ」

「そうですか…」

「じゃ、頼みましたよ。もし、願いを聞き届けていただけないなら、一生、といっても残り少ないんだけど、おうらみ申し上げることになると言っておきますよ」

「はぁ……」

「じゃ、わたし、帰ります」おばあさんはきびすを返すとしっかりした足取りで社を出て行った。

十八

7月26日は朝6時にわたしは目が覚めた。レースのカーテン越しに窓から夏の強い光が差し込んでいた。窓を開けて空を見上げると雲ひとつない快晴だった。左隣の荒木さんの家のガレージの屋根で3羽のすずめが盛んに跳ねて鳴いていた。

階下の茶の間に下りると新聞を読んでいたお父さんがわたしを見て「今日は遠足日和だが暑くなるぞ」と言った。お母さんは台所で朝のごはん支度にいそがしそうだった。

「気をつけて行くんだぞ」

「うん」と答えたが、どう気をつけたらいいのかわからなかった。

「帰ってきたら、一切をぼくとお母さんに話すんだよ」

「ええっ、報告するの?」

「それは当然だろう」

わたしはそこまで考えてはいなかった。というより、そこまで考える気持ちのゆとりがなかったと言った方がいい。

「どっちみち、夏休みの自由研究があるんだろ。『黒穴探険記』なんて旅行記を書いてみるのもいいんじゃないかな」

「ああ、なるほど」と思った。それはいいかもしれない。

「それは成功してからの話だわ」とわたしは言った。

「成功してもしなくてもいいんだよ。体験そのものに価値があるんだからね」

「何の話をしてるの？」お母さんが作りたての料理のうちの一品を持って部屋に入ってきた。

すぐ、朝ごはんになった。お母さんがいつもより忙しそうだと思っていたら、わたしのお昼のお弁当も作ってくれていた。小さなサンドイッチが20個もタッパーの中にきちんと納まっていた。お友達の分も作ったんだという。ウェルターも小夜ちゃんも食べないのだからそんなにいらないのだが、いまさらそれは言えなかった。

リュックを担ぎ水筒を手に持って家を出たのは7時半でお父さんの出勤時刻と同じだった。

「今日は猛暑になるなぁ。熱中症にならないように十分気をつけるんだぞ」途中の三叉路で、わたしたちは別れた。

途中、右に折れる小路の向こうの方で3匹の猫をつれた宮本健二君の姿があった。3匹それぞれにひもをつけて、猫たちに先に進むよう命令しているようだった。何をしているのかたずねたかったが、今そんな暇はない。健二君に見つかるまえに、わたしは足早にそこを通り過ぎた。

真泉神社が見えたとき、小夜ちゃんを呼び出した。

「いよいよね」とわたしは言った。「小夜ちゃんも楽しみなんでしょ」

「あなたほどではないと思うわ」と小夜ちゃんが言った。

「どうしてよ」

「だって、わたしは人間じゃないんだもの。あなたのように胸をときめかせたり、おどろいたり、喜んだりはできないのよ」

「でも、この前、市内を飛んで一巡したとき、うれしそうだったじゃないの」

「あれはね、あなたをがっかりさせたくなかったからよ、あなたに合わせたのよ」

「そうだったのか」

「残念だけど生きていたときほど、わたし、感動することはできなくなっているの」

「それはつらいことね」

「でも誤解しないで、五月ちゃんがうれしいときはわたしも本当にうれしいんだからね」

そう言われてもわたしは複雑な気持ちだった。

そして、赤い鳥居をくぐって前方を見たときだった。わたしは、「あっ」と声を上げて立ち止まってしまった。

正面、狛犬の間に例のおばあさんがニコニコしながら立っていたからである。

絶望的な気分とはこのことではないだろうか。どうしたらいいだろうか。

ところがである。左の狛犬の頭のところにウェルターがいて、わたしを手招きしていたのだ。

これ、いったい、どうなっているんだろうか。

「ウェルター君と話がついたわ」ゆっくり近づいたわたしにおばあさんが言った。

「おばあさん、ウェルターが見えるんですか」

「努力の甲斐《かい》があってね。あなたが、いつも何かをじっと見つめて独りしゃべりしているものだから、この前のとき、目を凝らして、あなたの目線の先を探っていたの。そしたら、何か小さなお人形みたいなものがそこにいるようにいるように思えてきてね。あなたが、それに『ウェルター』って呼びかけていたことを思い出して。今日は、わたし、ここに来て、あなたの真似をして『ウェルター』って呼んでみたのよ。そしたら、この坊やが目の前に現れてくれたわけ。本当にうれしかったわ」

「この前の君との話、すっかりおばあさんに立ち聞きされてしまったんだ。今朝の7時からずっとここで見張っているものだから、どうしようもなかったんだよ」ウェルターが言い訳をした。

「わたしの願い、この坊やに話したら聞き届けてくれることになったのよ。わたし、本当にうれしいわ、感激だわ」

「でも、今日はだめなんですよ、ぼくたちこれから出かけるんですからね」

「それはわかっていますよ。わたしのほうは明日でもあさってでもよろしいの。わたし、すっかり安心しました。安心したらおなかがすいてきちゃったわ。それじゃ、わたし、これで帰ります。お2人さん、元気でいってらっしゃいな」

おばあさんは、言うだけ言うとさっさと帰って行った。

わたしは、ウェルターと顔を見合わせて見送った。そのうちおかしさがこみ上げてきて2人で大笑いした。

それから、わたしたちは50メートルほど離れた小柳小公園に移動した。そこは大通りからすこし入った柳の木に囲まれた、公園と呼ぶには小さすぎるほどの町の緊急避難場所だった。めったに人が来ない場所で、ことに真夏の今頃ではだれもいないはずだった。

でも実際に行ってみると、入り口近くのベンチに白いハットをかぶったおじいさんが独り座っていたのである。

そうそう、その前に、大通りを歩いていたとき、保健室の塩谷登喜子先生に出会ったことも語っておかなければならない。前にも話したとおり、塩谷先生はもともとウェルターの姿が見える人である。

ハイヒールをはいて、髪もセットして、今日の先生はとても美しく着飾って素敵だった。

「あら、2人でどこかにお出かけ？」塩谷先生が声をかけてきた。

「これからブラックホールに行くんです」

「ずいぶん遠くまで行くのね」

「でも、今日の午後には帰る予定です」

「そうなの、磁気嵐や重力波には十分気をつけなさいね。それから、宇宙線防止のゴーグルは持ったのかしら」

「はい、準備してあります」とウェルターが言った。

「それじゃ、楽しんでいらっしゃいね」

「さすがは保健の先生だな。おっしゃること、的を射ているよ」先生のヒールの音が遠ざかるのを聞きながらウェルターがほめた。

話を戻すと、わたしたちが離陸を予定したのは、ちょうど公園の真ん中だったが、そこはおじいさんのいるちょうど正面に当たっていた。

「どうする？　あのおじいさんにはまる見えよ」わたしはウェルターに聞いた。

「大丈夫だよ、あのおじいちゃん、ねむっているんだから」ウェルターはおじいさんのかすかないびきを聞き取っていたのである。

カラカラに乾いた土の上に、あの5ミリメートルのロケットが横にしてそっと置かれた。

「まずはこのロケットに乗れるほどに君の体と持ち物を縮小するからね。縮むときはちょっとこわいかもしれないよ」ウェルターが言った。

「それくらい平気だわ」

わたしはそう言ったものの、ウェルターが取り出したタクトをわたしに向けて、ステージ1の分子レベルまでの「縮小」が実行されてみると、それは想像を絶するほどの恐怖だった。たちどころに周囲の何もかもが巨大化していき、たちまち、ほんの小さな石粒であったものがなんともでっかい岩に化けてしまったのである。わたしは圧倒され胸がどきどき高鳴り、なかなか収まらなかった。ただ上空の青空だけは少しもかわらなかった。

わたしはドアを開いてロケットの中に入った。小さくなったウェルターも続いて中に入ってきた。わたしとウェルターは操縦席に並んで座り、後ろの席には、呼び出した小夜ちゃんが座った。

座席には柔らかな黄色のマットがしいてあり、内装は薄ピンクに彩られて、前窓の脇にはだいだい色のガーベラが一輪飾ってあった。また、リアシートの後ろには毛布も置いてあり、ロケット内はとても居心地がよさそうだった

「これでも、時間をかけて整備したんだよ」とウェルターは言った。

「なかなかいい感じね、でも、ここは操縦席なのに、メーターも操縦かんもハンドルもなんにもないじゃないの。これで大丈夫なの？」わたしは不安になって尋ねた。

ウェルターはジャケットのポケットからスマホを取り出した。よく見ると、それは小型のタブレットだった。

「操縦はすべてこれでやるんだよ」

「ちょっと、見せて」わたしは横から覗き込んだ。

単純な画面だった。左右、前後、上下の指示ボタンがあり、速度を選ぶボタンもついていた。最も遅いのは秒速10センチだが、高速はすごかった。時速1、000キロから、光速、そして光速の1、000倍から1億倍までの表示があった。

「これはＡＩなの？」

「そんな低レベルのものは宇宙旅行ではまったく役にたたないんだ。ぼくたちが目指すのはここから28、000光年離れた、白鳥座のブラックホールなんだけど、高速の数億倍で飛ぶんだから、普通の機械はまったく役に立たないんだよ」ウェルターは物知り顔で言った。

「まず、地球の周回軌道まで行くことにしよう。そこでぼくらはもっともっと小さく変身しなければならないんだ」

「ニュートリノくらいになるの？」

「いや、実はもっともっと小さい。タキオンと呼ばれている粒子くらいになるよ。そうすれば宇宙に満ちているダークエネルギーが使えるからね。それを使えば燃料は何もいらなくなるんだ」

ウェルターは研究の成果をさかんに吹聴《ふいちょう》しているんだが、今のわたしには空返事をすることしかできなかった。

「これじゃ、前方の一部しかみえないわけね」わたしはそのとき気づいた不満を述べた。もとがブリキのおもちゃのロケットなので、窓は前方に小さいのが一つあるきりなのだ。これじゃ側面の景色は全然見えない。

「そうかぁ。それじゃ、面白くないな」ウェルターはそう言うとジャケットのポケットからタクトを取り出して、ただちにロケットの両側に大きな長方形の窓を設置した。パソコンで枠作りをするあの手法だった。手を伸ばしてさわってみるとただの穴ではなく硬質の窓ガラス(これがガラスかどうかわたしは知らない)がちゃんと入っていた。

「これでいいかい?」

「うん、最高だわ」とわたしは言った。

「さあ、出発だ」

機体がスーッと音もなく浮き上がった。そして、ゆっくり音もなく上昇し始めた。と同時に、正面のおじいさんの視線もわたしたちを追っている。本当におじいさんは居眠りしているのだろうかと疑ったがもはやどうにもならない。

ロケットはさらに高度を上げていった。水平な飛行なので、残念ながら地上は見下ろせない。また、それを楽しんでいる時間もなかった。たちまちのうちに対流圏と成層圏を過ぎた。気温もどんどん下がり、また猛烈なジェット気流が吹き荒れている高度に達したけれども、わたしたちはロケットも含めてニュートリノのレベルまで縮小されているので、全然その影響を受けなかった。

大気圏を過ぎたところでわたしたちはゴーグルを着けた。すると、それまでぼんやりしていた周囲が霧が晴れたようにくっきり見え始めた。と、いってもまだ夜の空ではないから星は一つも見えなかった。ウェルターの説明によると、このゴーグルは、宇宙線を避けるためというより、普通に見えるようにするための装備なのだそうだった。そうしないと何にも見えないのだという。

「あなたはずいぶん物知りなのね。わたし、尊敬するわ」とウェルターに言った。

「ぼくは生まれてもう80年近くになるんだぜ。ハンス・ミューラーさんを探して地球上あちこちくまなく旅をし、数え切れないくらい多くの人たちに出会ってきたからね。だから、自然と、いろんな知識を身につけることになったんだよ」

「『亀の甲より年の功』っていうわね」と小夜ちゃんが言った。

「よくそんなことわざを知っているなぁ」とウェルターが言った。

「小夜ちゃんは小説家になるつもりだったんだもの。だからなんでも知ってるんだよ」

「そうか、それじゃ生きていたら、いつかぼくのことも書いてくれたかもしれないんだね」

「そうなのよ。残念だったわね、ウェルター」わたしが、そう言って後ろの小夜ちゃんを見ると、泣きそうな顔をしていた。悪いことを言ってしまったのだと反省した。

わたしは話題を変えた。「約80歳のウェルター君はこれまでどんな人たちに出会ってきたのかしら?」

「それを全部あげろって言うのかい。それをあげるだけで日がくれてしまうよ。えーっと、学校の先生、パンやさん、八百屋さん、猟師さん、お医者さん、めがね屋さん、ホテルマン、警察官、看護師さん、理容師さん、ファッションデザイナー、コンピュータプログラマー、総理大臣、県知事さん、市長さん、保育士さん、栄養士さん、塾の先生、それから……」

「ストップ!」わたしは命令した。前も同じようなことがあったことを思い出す。「もういいわ、そんな、全部あげることないのよ、こんな場合はね、その他、各種、あるいはその他、大勢でいいのよ」

ウェルターは笑った。そして言った。「地球を離れる前に地球の姿を見てみたくはないかい」

「見たい見たい」とわたしと小夜ちゃんは口をそろえて応えた。

ロケットが地球の周回軌道から抜けるとき一回りして、ほんのしばらく眺めた地球は、衛星からの写真や、図鑑で見たものより、はるかにすばらしいものだった。

茶色は陸地で、緑はジャングル、深い青はもちろん海だろう。白っぽいのは雲だろう。薄い空気の層が地球を大切に包み込むオブラートのようだった。これがなければわたしたちは生きていけないのだと思うと涙がでるほどいとおしくなってくる。そして、いつまでも眺めていたかった。こんなきれいな惑星が生まれたなんて、やはり神様はいるのだろうかとも思った。地球のこのすばらしさをすべて語るとしたら、延々と書き続けることになるのでこの辺で終わりにしておこう。

地球を離れる前にわたしたちは、極小のタキオンレベルに縮小された。ここまで縮むと光速をはるかに超えるスピードが出せるだけではなく、どんな物質ともぶつからない。隕石にしろ、惑星にしろ、恒星だって、すべてを通り抜けてしまうのだ。また、熱さも寒さもまったく感じない。いわばスーパーヒーローみたいだが、だからといって、それによって何か大仕事ができるわけではない。

どんな物でも通り抜けられることは月を通過するとき、見事に証明された。ウェルターが「大丈夫だよ」と太鼓判を押してくれたにもかかわらず、ロケットが月の正面にぶつかっていったとき、わたしはすごい恐怖を感じた。しかし、ロケットは難なく、月を作っている物質の最小の粒の間をスムーズに通り抜けて行った。わたしたちが日常身近に接しているあらゆるものが、つまるところ、教室の真ん中に1ミリほどの粒が浮いているようなもので、つまり原子からできていて、そこ以外はスカスカなのだという話はお父さんからも聞いたことがあったが、まさにその通りだった。

わたしたちは次に太陽を目指した。ゴーグルのサングラス効果は最高レベルに調整されていた。太陽のど真ん中でも通り抜けられるのだが、ただただまぶしいだけの光の中を通り過ぎるのではつまらないので、わたしたちはこれを迂《う》回することとした。地球から太陽まで1億5、000万キロメートルの距離だが、この行程もわたしたちの速さではまたたく間に通り過ぎた。とにかく、外を見ながらのんびり会話を交わす時間などなかった。太陽表面から巨大な炎が立ち上る、すさまじい光景がとぎれなく展開するので目が離せないのである。わたしたち、3人ただただ沈黙して驚きおののいているしかなかった。

しかし、一旦、太陽を過ぎると一転してのどかな太陽系の旅となった。惑星のすべてを見てみたかったが、先を急ぐ関係で、わたしたちが見たのは火星と木星だけだった。

火星は大半が赤い地の惑星で、黒っぽい部分と水色の部分でできていた。その美しさという点では地球と比較にならない。図鑑などで何度も見たことがあるので初めて見る気がしなかった。遠い将来、人類が移住するとしたらここしかないのだが、そう思うと余計親しみがわいてきた。

意外だったのは木星の方だった。惑星全体が、古墳時代の焼き物のような色合いで、表面に見事な模様が浮き上がっているのだった。もし、木星人がいて、その人たちがこれをデザインしたのだとしたら、ナスカの地上絵など、かすんでしまうほどだ。

太陽系を抜けたとき、わたしは水筒のお茶を飲んだ。緊張の連続でのどがからからにかわいていた。小夜ちゃんとウェルターにもあげた。

わたしたちは星がきらめく宇宙の闇の中をさらに進んでいった。目指すは天の川銀河の中心のバルジにあるブラックホールである。

宇宙には、数え切れないほどの星がある。わたしたちは光速をはるかに越えるスピードで進んでいるのだが、それでも星にはなかなか出会わなかった。またロケットの速さも実感できなかった。

「これ、本当に進んでいるの？」とウェルターに尋ねたいほどだった。そう思った矢先、流星群とすれ違った。しかし、それも一瞬のことで、無数の流れ星がサーッと光の滝のように通過してしまいである。

そして、その後、前方に、ちょうど花火が開いたときの模様が見え出した。中心に強烈な青い光があり、それを中央に、赤い光が輪状に広がっている。

「あれ、何かしら？」わたしはつぶやいた。

「さぁ、何なのかな、もしかすると、太陽系に似た別の恒星系なのかもしれないな」ウェルターが言った。

「すると真ん中に輝いているのが太陽で、その周りを多くの惑星が回っているのね」

「うん。こんな恒星系が宇宙には無数にあるんだよ」

「すると、どこかに地球のような惑星があってそこに生物がいても不思議じゃないのね」

「そんな説を唱えている宇宙物理学者に会ったことがあるよ」

大きな花火のように散らばる惑星の中をロケットは通り抜けていった。その数は少なくとも1，000以上はあった。もちろん、わたしたちの、ロケットは、その惑星にも、そして衛星にもぶつかることはない。これも、宇宙があまりに広いからだ。

そして、この恒星系を離れた直後のことである。金色に光り輝く帯のようなものがうねうねと帯のように流れてきた。何かなと思った矢先、ロケットはその帯にすっかり取り囲まれてしまっていた。

それは大量の粒子だった。おたまじゃくしのように尾を引くのはたぶんそのスピードのせいなのだろう。ロケットの面をたくみになめるように後ろに流れ去って行く。何と滑らかで優雅で、心が洗われるような流れなんだろう。初めは金色に見えたが、よく見るとそのきらめきのうちに、赤や青や緑や紫やオレンジなども感じられて、とても一通りに表現できそうにない。

その粒たちの踊るような華麗な動きを見ているうちに、わたしはどこか幸せで満たされてうっとりし、いつまでもこのままでいたい気持ちになっていた。

「これはいったい何なんだろう……」わたしは独り言を言った。別に、ウェルターに問いかけたわけではなかった。自然と出た言葉だったのだ。

「さあ、何だろうな」ウェルターはそう言ったきり押し黙った。

「小夜ちゃんは何だと思う?」わたしは振り返って話しかけたが、これも答えを求めたのではなかった。自分と同じ気持ちなのかどうか聞いてみたかっただけだ。

小夜ちゃんは答えなかった。だが、表情が一変していた。うっすら目に涙さえ浮かべていた。

「どうしたのよ」わたしは言った。

「これは、今のわたしなのよ」

えっ、と思った。小夜ちゃんは何を言っているのだろうか。わたしは小夜ちゃんの次の言葉を待っていた。でも、それ以上何も言わない。

「そうか、そうなのか」と独り言のように言ったのはウェルターの方だった。

「なんのこと……」

「これは生命の源じゃないのかな。ほら、ぼくが今でも胸ポケットに持っているあの小さな袋。

あの中にあるのはこれなんじゃないかな」ウェルターが言った。「ある生物学者からの受け売りなんだけどね」そう前置きして「人間はなんとかして生命を創り出そうと長年研究を続けてきた。そして、苦労の末、細胞のもととなるたんぱく質を合成することには成功したんだ。しかし、それに電気をはじめとして、どんな刺激を与えても生命を創りだすことはできなかったんだってさ」この話はお父さんから聞いたことがある。

「生命になるには、未知の何かが欠けているのではないだろうかと言っていた」とウェルターは続けた。

「それが生命の源だっていうの……」

「うん。なんとなくそんな感じがするなぁ。地球にある水だって、もともとは地球にあったものではなく、他の天体から運ばれてきたという説もあるんだからね」

「もしそうだとしたら、生命がはるか遠くの宇宙からやってくるものだとしたら、宇宙に多くの生き物がいても不思議じゃないことになるわけね」とわたしは言った。

「とにかく、宇宙には、地球のような惑星はいくつかあるはずだと考えている科学者は増えているよ」とウェルターが言った。

話しているうちに美しい光の帯は徐々に細くなり、いつしかすべてが飛び去っていた。もし、わたしたちが出会ったのが生命の源の粒たちであったなら、宇宙は決して死の世界ではなく、いたるところで生命の花が開いていることになる。つまり、わたしたち人類は宇宙によってうみだされたことになるのだ。たまたまではなく、そんなさだめだったのだ。わたしは、この自分の考えに1人感動していた。

この後、わたしたちはいくつかの奇妙な光景に見える星雲とつぎつぎに出会った。このなかのいくつかを話しておきたい。

薄暗がりの背景に人影がふっと浮かび上がったように見えるミステリアスな光景。

衣をなびかせて天使が飛んでいるようなファンタジーの世界を連想させる光景。

焼け爛れた星の周辺に、きらめくダイヤモンドをぶちまけたような都会の片隅を思わせる光景。

あかね空を巨大なわしが羽を広げて飛んでいるように見える壮大な光景。

厚い雲の上から馬が首だけを出してこちらに駆け寄ってくるように見える、考えようによっては黒い馬に乗った悪魔が自分にせまってくるような不気味な光景。

これらが周囲360度の巨大なスケールで眼前に展開したのだ。ディズニーランドのアトラクションなど足元にも及ばない迫力だった。このように、これらはいずれもわたしに、勝手きままに想像をかきたたせてくれた。もし、クラスのみんながこれを見たら、どんなに驚き、どんなに自由に空想を羽ばたかせることになるだろう。わたしだけが、このすごい光景を楽しんでいる（圧倒されている）なんてちょっと（かなり）ぜいたくな気分だった。

これらの光景には、もちろん音がついていなかった。暗黒物質もダークエネルギーも一切、音を伝えないのである。

しかし、わたしは耳でではなく、全身で音を、音楽を感じていた。それは、モーツァルトやバッハの音楽に似ていたかもしれない。あるいはベートーベン、もしかしたら日本の古いわらべ歌の旋律に似ていたかもしれない。

特に、生命の源たちに出会っていたときの快さは、わたしが感じていた音楽と無関係だったとはとても思えなかった。

星が瞬き、瞬間的に流星が横切る穏やかな状態に戻っていた。

わたしは生命について考え続けていた。

生命ってなんなのだろうか。生きているってどういうことなのだろうか。宇宙に生命が存在するのは、どんな意味があるのだろうか。考えても答えが出ないことはわかっていたがやはり考え続けた。

仮に、宇宙に生命が存在しなくなった場合を考えてみた。そのとき、宇宙はただ存在しているだけのものになる。だれにも認められず、だれにも感動されず、だれにも研究されず、ただ存在し、動いているだけなのだ。もし、そうなったとしたら、宇宙が存在することにどんな意味があるのだろうか。これ以上おそろしいことってあるだろうか。わたしは心からぞっとして身震いした。

そして、まったく突拍子もない思いつきだったんだけど、もしかするとブラックホールって宇宙存在のカギなんじゃないかしらと思った。

こんな考えを中断させたのは、ずっと前方に妙な形のものが見え出したからだった。それは、一見、小さなじょうごのようなものだった。

「ああ、ついに来た。もうすぐだよ」ウェルターが興奮気味に言った。

「あれは何なのかしら?」

「ぼくらが目指しているブラックホールなんだよ」

「えっ、あれがそうなの?」

「うん。ブラックホールはいくつかのタイプがあるんだけど、あれはそのうちの一つのなんだ」

出発してすでに3時間は経っていた。

「おなかがすいてきちゃったね」とわたしは言った。「お母さんが作ってくれたサンドイッチを食べようか」

「そうだな、ブラックホールに入ってしまうと、もうお弁当など食べている時間はないかもしれないな」

わたしは後ろの席に置いてあったリュックからサンドイッチのタッパーを取り出した。これらもすべてタキオン化している。

わたしたちは、３人でおいしく腹ごしらえをした。

食べ終わったころには、巨大なじょうごが目前に迫っていた。「巨大な」と述べたけれど、この言葉の前に「ものすごく」という言葉を少なくとも10回以上繰り返したいほどの大きさだった。もちろん、地球上ではこの大きさにはお目にかかることはない。そのことだけは前もってお断りしておこう。

じょうご状の中心にはまっすぐ上に伸びた碧瑠璃《へきるり》色の軸が棒のように伸びており、上面一帯をおおってガスが雲となって渦を巻き、穴の中に次々にもくもくと流れ込んでいた。渦の右側は赤っぽく、左側は青っぽく光っていた。その流れ込むガスの表面には絶え間なく火花がぱちぱちと（もちろん音はなく）はじけていた。そしてじょうごの口を閉ざして円形の薄い光の膜が振動していた。全体から見ると、ちょうど大きな穴があってそこへ周囲からその中に濁流が渦を巻いて流れ込んでいくという感じだった。

「今からこの中に入ろうというの」わたしは大きな滝の中に落ちていくように思えて、すごい恐怖を覚えた。

「うん」

「本当に、大丈夫なの？」

「人間の体だったらとても無理だよ。でも、ぼくたちはタキオンになっているんだからね」

「それにしても、こんなにすごいものだとは思わなかったわ。ぽっかりあいた穴の中に静かに入っていくものだとばかり思っていたのよ」

「ぼくだって実際、こんなのだとは思わなかったさ」ウェルターは言った。「でも、はるばるここまでやってきて、いまさら引き返せないだろ」

「そうなんだけど、でもやっぱりこわいよ。これだと、ナイアガラの滝に飛び込むようなものじゃないの。小夜ちゃんはどうなの」

「わたしだって怖いわ。五月ちゃんがいやなら、わたし、引き返してもいいよ。ブラックホールがどんなものか確かめられたんだからそれだけでも、もう十分じゃないの」

「ウェルター、あなたはどうなのよ」

「ぼくは五月ちゃんに従うよ」ウェルターの声はこころなしか震えて聞こえた。

「あんなことを言っちゃって。ハンス・ミューラーさんの行方を知る手がかりを知るためでもあることを忘れてもらっちゃ困るわ」

「そうだったんだね」

このとき、わたしは月を通過したときのことを思い出した。あの経験がなかったらやめていたかもしれない。

「こわいけど、いっちょう、やってやるか！」わたしは自分を励ますように大声を出した。

それで、ウェルターも小夜ちゃんもやっとその気になってくれた。

でも、「じゃ、行くよ」とウェルター言ったとき、わたしはタイムを要求して三度大きく深呼吸しなければならなかった。

十九

そして、わたしたちは巨大な渦の中に飲み込まれていった。しかし、音がないのでその分怖さは半減したように思う。スローモーションのように落ち始めると後はまっしぐらだった。そして、その次に来た怖さはスピードだった。数十階の高層ビルからとんでもない速さでエレベーターが下る状態を考えてもらえばいい。髪はすべて逆立ち、完璧な無重力状態になった状態を想像すればいい。というより、これは想像できるものではない。でも、人は慣れる能力を持っている。この能力のおかげでわたしは耐えることができたのだろう。

落下スピードはさらに大きくなっていった。どこまで落ちていくのか予想はつかない。何度も気が遠くなりそうになった。そのたびに、わたしは「なにくそ！」と胸のうちで叫んだ。というのは、口が引きつって声が出ないのだった。

わたしたちはそのまま20〜30分間落ち続けた。もう落ちるにまかせるより方法はなかった。どうにでもなれという気分だった。そう思わなければとても耐えられなかった。

そして、数10分でやっと峠を過ぎた。霧が晴れるように周囲のもやもや、つまりガスがだんだんだん薄くなり消えていった。髪は相変わらず逆立ったままだったが、最初の怖さも興奮もやわらいできていた。

「実はこれからがまた大変なんだよ」とウェルターが言った。

「まだ何があるの？」

「この壁に沿ってワームホールを探さなければならないんだ」

「それはすぐにはわからないの？」

「ぼくの計算ではそれは無数にあるはずなんだが、その出口がどの時代、どの場所に通じているかがわからない。まずは太陽系に通じているワームホールを探さなければならないんだ」

「こんなに多くの星の中からどのようにしてそれを見つけだそうというのよ」先ほどとは別の意味でわたしは気が遠くなりそうだった。

「だから、ぼくだって丸3日間寝ないで計算し、研究しなければならなかったんだ。そして、これは実際にやってみるしかないとわかったんだ。うまくいったらおなぐさみだよ」

「そんなのんきな話ではないじゃないの」

「ここにきてあせってみてもはじまらないよ。見当をつけて一つひとつ試してみるしかないよ。それじゃ、このじょうごの壁近くに移動するからね。霧の向こうに先が見通せるところがあるはずなんだから注意して見ているんだよ。小夜ちゃんもわかったね」

ロケットは巨大じょうごの壁に突入した。壁は、その表面が小さなガスの渦になったものでうめつくされていて、その内側も分厚いガスの層になっていた。

壁の中に入った瞬間、ロケットはガスにすっかり包まれて前後左右がまったくわからなくなってしまった。しかし、スピードは明らかに落ちていた。髪の逆立ちがなくなっていた。

ウェルターの操縦で、ロケットはセンターから外側に少しずつ移動していった。するとガスの状態は徐々に変わってきた。ガスは薄くなり、その中におおよそ筒状のトンネルの口らしいものが方々で見え出したのだ。それは前後左右至るところにあり、はっきり見えたりおぼろに霞んでいたりしていた。大きいものもあれば小さいものもある。形も円形、卵型、長方形、そしてハート型もあった。移動すれば、この数はもっと増えるに違いなかった。この中から地球へのワームホールを見つけるなんて本当にできるのだろうか。

ウェルターはタブレットに表示された公式とその右側の表を食い入るように見つめていた。そして、その内から、これはと思うものを選び出し、それによってトンネルの位置を決め、出口近くまで移動してみるのだった。それは外側の景観を目で確かめることと、地磁気の強さから地球を見分けるのだという（後でウェルターから聞いた話である）。

そして、地球ではないと判断すれば、またUターンして、前の場所までもどらなければならないのだ。この間、超スピードで飛んでも10分前後はかかった。これを繰り返すのだ。ウェルターは弱音も吐かず、この地道な作業を繰り返した。

わたしも何か手助けしてあげたいとは思うんだけれど何もできない。ウェルターの額から流れ落ちる汗をハンカチでぬぐってあげることくらいだった。

いったい、いつになるのかなぁ、と思い、自分のせっかちな性格をうらみに思い、そして、これは改めなければいけないなぁ、と思い、でも、これはお母さんからの遺伝だからしようがないなぁ、と思ったその時だった。

突然「やったぁ」とウェルターが歓声を上げた。

太陽系の木星へ通じている出口が見つかったのだった。30回ほど試してみて、木星への出口が見つけられたのは奇跡に近いんだとウェルターは成果を強調した。

このそばに火星、そして地球に通じるワームホールのトンネルがあるはずなのだ。

そして、その地球への出口を最初に見つけたのは小夜ちゃんだった。

「あっ、あれ、雲じゃない」突然、小夜ちゃんが叫んだのだ。

「そうみたいだね。もし地球だとしても、ずーっと遠い昔の地球だよ。でも一度出てみることにしようか」ウェルターはそう言って、ロケットをその出口の方向へ進めた。

ロケットは、巨大な裸子植物の森が延々と広がる場所の上に出てきた。ここが地球であることがはっきりしていた。

この裸子植物は大きなシダ植物だった。ワラビやソテツと同様の形の大きな葉を繁らせ、天をつく木々が地表をびっしりと覆っており、そして、それらの木々の合間に何かがゆったりと動いていた。それは大きなトカゲだった。いや、トカゲのイメージではなく、やはり恐竜というべきだった。あれはティラノザウルスかな、それともブロントザウルスかな、と思いながら恐竜好きの高部君だったらどんなに興奮するだろうと思わずにはいられなかった。ここは、アフリカか、それとも日本の福井県の勝山あたりになるのだろうか。

ロケットはそこでまた、Uターンして、巨大じょうごの壁の中に引き返してしまった。わたしたちの目的はなにも恐竜たちと遊ぶことではないからだ。わたしたちはもっと時代を下らなければならないのだ。ウェルターは気を張り詰めて、タブレットの画面を注視している。

わたしたちは、トンネルを出たり入ったりを繰り返さなければならなかった。地球への出口がいくらわかっても、地球上のどの場所に出るか、そしてどの時代のいつにタイムスリップするのか、それが決まらなければわたしたちの目的は達成できないのだ。

物語やアニメでは、あっという間に目的の場所に達することになっている。あんなことは絶対ありえないのだ。宇宙探検にしろ、その他、いろいろな発見、発明をするにしろ、それに関わる人々は地道に、血のにじむような努力をしているのではないだろうか。わたしはウェルターの真剣な表情とまなざしを近くで目にしてそんなことを考えていた。

わたしたちが次々に、目にしたのは、日本の弥生時代、ちょうど米作りが始まった時代、そして、大仙古墳ができた時代、ヨーロッパのローマ帝国、ネロ帝の時代、南アメリカのインカ帝国の時代、北アメリカでは、ネイティヴアメリカンの人たちがバッファローの狩りをしていた時代、そして、また、ヨーロッパに戻って、フランスのナポレオンが勝利してパリに帰ってきた時代などだった。

「だいぶ、今に近づいてきたね」とウェルターが言った。

こんな調子でやっていたらどれだけ時間があっても足りない、日が暮れてしまうとわたしは気が気でならなかった。わたしの腕時計では出発してからもう4時間以上にもなっているのだ。

そして、とある場所に出たときのことだった。小夜ちゃんが「この町並み、見覚えがあるわ」と言いだした。「実際に見たわけじゃないんだけど。……駅があって、その後ろが港で、王宮があって運河あって、そして古い4、5階建てのレンガで造られた建物が並んでいる。ここはアムステルダムじゃないのかしら」

曇り空の下、大通りを行く人影はまばらだった。7、8人の緑の制服を着た一団が歩いていた。なんとなく、日中なのに暗い不吉な感じがただよっている。

「ここはわたしたちには関係ない場所なんだから早く戻ろうよ」とわたしは言った。

「お願い。もう少しここにいて、建物の屋根裏近くを見てみたいわ」と小夜ちゃんが言った。

ロケットはゆっくり建物の最上階付近をゆっくりとなぞるように飛んで行く。

「あっ」といきなり小夜ちゃんは声を上げた。「ちょっと戻って」

ロケットは少し後戻りした。

「ほら、あそこを見て」

とんがり屋根の赤レンガの建物の左に4階建ての建物があり、その3階の窓の向こうから、顔を半分隠すようにしてカーテン越しに女の子が外を見ていた。はっきりとは見えないがわたしより少し年上に見える。ほっそりした顔だちだった。

「あの子、きっとアンネ・フランクよ」小夜ちゃんが言った。

「あの子が……、あの日記を書いた女の子なの…」

「きっとそうよ。……あの日記はわたしがいちばん好きな本だったの」

「わたしはまだ読んでいないんだけど、あの子、殺されちゃったんだよね」わたしが言った。

「うん。でも、最後まで希望を失わず、常に明るく生きようとしたのよ」

「そうなの」

「でも、結局、強制収容所で殺されてしまったのよ。アンネは、どんなにか生きたかったでしょうね。わたしにはその気持ち、いたいほどわかるわ。アンネは不幸な時代の中でもすごい日記を書いてそれが世界中で永遠に読み継がれているんだから、幸せだったのかもしれないわね。……一方、わたしは幸せな時代に生きられたんだけど、何一つ希望はかなえられなかった……」

小夜ちゃんの無念な気持ちがひしひしと伝わってくる。わたしはどうなぐさめたらいいのかわからなかった。

小夜ちゃんは続けた。

「わたしがお話を作ろうと思った理由の一つはね、あの日記を読んだことだったの。日記は作ったお話じゃないけど、アンネは日々の自分の思いを全力で綴ったのよ。その真剣さがわたしの心にじんじんと響いて来たのよ。言葉の不思議さ、素晴らしさをわたしはあの日記を通じて知ったの。そして、もっとも不思議だったこと、それは、わたしが日記を読んでいるとき、わたしの中でアンネがいきいきと生きていたことなのよ」

「それはわたしもわかるわ。考えてみると、本を読むって不思議な経験よね」わたしはそれだけを言った。

小夜ちゃんはアンネに声をかけてみたそうだった。

「もう時間がないよ、行かなくっちゃ」とウェルターがそばからせきたてた。

小夜ちゃんはとても名残り惜しそうだった。

その後も、再びわたしたちは小刻みにワームホールを出たり入ったりを繰り返した。

アジアでもヨーロッパでもアフリカでも、地球ではいつも戦争をしていた。わたしはこれにうんざりした。どうして人間はこんなにしょうこりもなく戦争ばかりしているのだろうか。人類が滅亡するまでこれを繰り返すつもりなのだろうかとさえ思った。

「アンネだって戦争のために殺されたのよ。自分には少しも落ち度がないのに。ただユダヤ人であるというだけで」と小夜ちゃんはまだこだわっていた。

そして、とうとう、日本の現在に近い時代にたどりついた。

その場所は、北アルプス、後《うし》ろ立山連峰の白馬岳の真上だった。季節は夏だった。1年で最も輝く季節だった。お花畑には白や黄色や赤の高山植物が咲き乱れ、雪渓《せっけい》の雪がまだたくさん残っていた。リュックを背負いピッケルをにぎった登山者の列がありのように見えていた。

しかし、こんな絶景も楽しんでいる余裕はわたしたちには残されていなかった。すぐに金沢に移動しなければならなかった。その上、ワームホールの出口が現在、白馬岳の上空にあることを忘れてはいけない。垂直に伸びた入道雲の下の端、ホース状に突き出たところがワームホールの出口に当たることを頭の隅に刻んでおかなければならなかった。ここに戻らないとわたしたちは、永遠に現在の地球に戻れなくなってしまうのだ。

わたしたちはほんの数分で金沢市内に移動した。さて、これからどうしたらいいのだろうか。今が過去の西暦何年の何月何日なのか、さっぱりわからない。そして、このとき、ハンス・ミューラーさんがどこで何をしているのかもわからなかった。過去に戻れば、何事も解決すると思っていたのに、何一つ解決できないのだった。

わたしはもどかしく、困り果てたが、ただ思い悩んでいても始まらない。ひとまず、おじいちゃんの家に行ってみることにした。

幼稚園があった。その建物は古い木造で、かたわらのおじいちゃんの家は新しいが造りは今のままだった。広い中庭も同様で、池や松や石灯籠そして築山の位置も変わってはいない。その中庭を前にして立っている二つの人影が見えた。

ロケットはそこへ降りていった。

2人のうち1人は、5年前に亡くなったおばあちゃんだった。最初見たとき、お母さんじゃないかと思ったのだが、よく見ると若いときのおばあちゃんだったのだ。そして、もう1人、おばあちゃんと立ち話をしている長髪の男の人は……、なんとおじいちゃんの親友の大友さんだった。昔から髪型は変わっていなかった。

ロケットはそろそろと2人に近づいて行った。

ハンス・ミューラーさんのお世話を買って出たのは大友さんのお父上だったのだから、もしかしたら、この大友さんから何かいい情報を聞き出せるかもしれない。また、太郎茶屋のときみたいに耳元でささやいて、話をその方向に持っていけるかもしれない。わたしはそう思うと期待に胸がふくらんだ。

しかし、ウェルターは、その考えを冷たく打ち消した。

わたしたちは、これまであちこち過去の場面をのぞいてきたが、過去の時代の中に入っていくことはできないというのだった。また、このロケットにしたって、わたしたちの姿にしたって、過去の時代の人たちには全然見えていないというのである。

「そんな大事なこと、どうして前もって言ってくれなかったのよ」わたしはウェルターに不満をぶちまけた。

「それは、考えればわかることじゃないか。未来の人が過去の時代に入ることができて、そこで自由に動き回れたとしたら歴史なんてめちゃくちゃになってしまうじゃないか」

言われてみればたしかにそのとおりなのだ。わたしの考えが甘かったのだ。

ついでに言っておけば、小夜ちゃんだって、いくら望んでも窓際のアンネとはお話できなかったことになる。

それはさておき、2人が庭先で何を話しているのか聞いてみることにした。

「これだけの庭、つぶすのは惜しいですよ、奥さん」と大友さんが言った。

「わたしもそう思うんですが、主人はここに園舎を建てて、園児を増やして、もっと金儲けをしたいというんです」

「今、幼児の数が急に増えているんだからその気持ちはわかります。他の幼稚園も今、建て増しを盛んにやってますからね。でも、あいつはもともと、金もうけが似合う男じゃありませんよ。もっとスケールの大きなりっぱな男なんです」

「そうでしょう。大友さんの方から主人にそのことを言っていただけませんか」

「わかりました、言いましょう。ところであの三浦さんですがね。彼は結婚しましたよ」

「三浦さんって？　どなたでしたかしら」

「ドイツ人のハンス・ミューラーですよ。日本に帰化して三浦半四郎と改名したあの男です」

「いつぞや、買い物の途中、片町で偶然あなたにお会いしたとき、一緒にいらっしゃった外国人の方ですか」

「ええ、そうです。紹介したじゃありませんか。その彼が日本の女性と結婚したんです。たしか名前は、さやかさんといいましたね、背の高い現代的な美人です。でも僕《ぼく》は好きじゃありませんな。思ったことはなんでもずけずけ言う人ですからね」

「でも、大友さんがおもらいになったわけじゃないでしょう」

「たしかにそうだ、あははは」大友さんは口を開けて笑った。

おばあちゃんも付き合って笑っている。亡くなったおばあちゃんはハンス・ミューラーさんを知っていたのだ。

「ハンス・ミューラーさんは今どこにいるのよ。教えてよ」わたしは思わず叫んでいた。声が届かないとわかっていても、そうせずにはいられなかった。

「さぁて、どこだったかかな」意外にも大友さんはわたしに応えるような言い方をした。

「えっ……なんですって」おばあちゃんが声を発した。

「三浦さんの住所ですよ。ここからそんな遠いところじゃないんですよ、同じ町内ではありませんがね」

「あら、そうなんですか」

結局、ハンス・ミューラーさんの話はそれだけで終わってしまった。

そこで、若くはつらつとしたころのおじいちゃんが庭に登場したからである。

「おう、大友。お前、来とったのか」と言い、大友さんが「この立派な日本庭園を壊すのはよくないな。そんなことをするやつはアホだぞ」と言い、その後、「なにおー。お前、ずいぶん失敬なことを言うやつだな」とおじいちゃんが反発して、言い合いが始まったのである。しばらくは収まりそうになかった。これに付き合っている時間はなかった。

そこで、わたしたちはその場を離れた。

「三浦半四郎という名前に変わっているのか」上空に上がったとき、ウェルターが言った。

上空からの風景は、現在とはまったく違うものだった。わたしが住んでいる場所のあたりも見渡せたが、そこには、まだ町はない。一帯すべてが青々とした水田だった。緑一色に塗りつぶされており、ところどころにへのへのもへじの案山子が風に吹かれて立っていた。現在、残っているものが何かないだろうかとわたしは目を凝らしてさがした。

あった！

神社だ。真泉神社だ。田舎道のわきにぽつねんと真泉神社の小さな赤い鳥居が見えていた。

でも、これはおそらく建て替え前の古いお社だろう。

「これからどうしようか」ウェルターがわたしに聞いた。

わたしは腕時計を見た。出発してもう5時間を過ぎていた。

「もう、帰らなきゃ、お父さんお母さん、心配してるよ」わたしは急に泣きたくなってきた。

「そうだな。ずいぶん、遅れてしまったね。地球上では、宇宙より時間がもっと進んでいることになるからな。急がなくっちゃ」

「早く帰ろうよ。わたしたち、これまで来た道を戻らなければならないの？」

「そんなことはしなくていいんだ。ワームホールの一番端っこのトンネルを抜ければ、今の地球に戻れるはずだからさ」

「ああ、そうか、それじゃ、ずっと早く帰れるんだね」

「うん。それは保証するよ」

わたしたちはすぐに金沢を出発し、白馬岳を目指した。

ところが、白馬岳の上空に戻ってみると、巨大な入道雲には異変が起こっていた。

入道雲の上の部分はほとんどなくなっており、下の端っこに当たるところもぼやけて原形をとどめていなかったのだ。

「これは、やばい、もどれなくなっちゃうよ」とウェルターはあわてふためいている。

「ええーっ、そんな」

わたしたちのロケットは猛スピードで入道雲の端っこ部分を追いかけ、やっとの思いでそこをくぐった。でも、ワームホールに入った実感がなかった。上空は抜けるような青空が広がっているだけだ。そこに向かってただ急上昇しているだけに思えたのだ。これで大丈夫なのだろうか。こんなはずはない。ワームホールを見失ってしまったのだろうか。そんな疑いも湧いてきた。ところが、やがて、空の青さが薄くなり、しだいにブラックホールのガスがもくもくと沸きたっているところに入りこんだ。わたしたちはホッとした。

しかし、まだ、現在の地球に通じるワームホールを見つける必要があるのだ。

「現在への出口は白馬岳とそんなに離れていないはずなんだけどなぁ」ウェルターがつぶやいた。

だけどその予測は見事に外れていた。

ようやく見つけたワームホールの出口は、白馬岳に近いどころか、日本国内ではなく、地球上ですらなかった。月の裏側に来ていたのだ。

真っ黒な円い大きな円が一つ前方にポツンと立ちふさがっており、これ、いったい何だろう、と思ったものだった。「これ、月じゃないの」と言ったのは小夜ちゃんだった。

ロケットがその巨大な影を一瞬で横切ってみると、地平線ではなく月平線の向こうに現れ出たのは確かに地球だった。青々とした地球のカラフルですばらしい雄姿が現れ始めていた。でも、それが徐々にご来光のように姿を現しても、それに見とれる心の余裕などわたしにはなかった。

というのは、この大宇宙旅行が目的が完璧には遂げられずに終わってしまった無念さで胸がいっぱいだったからだ。ブラックホールを間近に見られても、そのすごさに身をもって体験できても、みんなの第一の目的は、やはり、ハンス・ミューラーさんの行方を知ることだったのだ。それが果たせなかったのだ。つまり今回の旅行は大失敗なのだ。

わたしは打ちひしがれた気分でぐったりと座席にはりつき、ウェルターはウェルターで疲れきってもうへとへとになっていた。

「もうしばらくして、ニュートリノに変身するよ」というウェルターの声もどこかがっかりしてやっと声が出せたように感じられた。

そのときだった。ロケットの横に目をやると、あの光の粒、生命の源がわたしたちのロケットと並行して飛んでいるのが見えた。それらは地球に向かっているようだった。

ると、一つの粒子が、いきなりロケット内に飛び込んできた。そして、わたしの顔の前をぐぐるぐるぐる回り始めた。そして、わたしの目の前でしばしわたしは、何がおこっているのかわからず、金縛りにあったように身がこわばってしまった。長い時間ではなかった。でも、一瞬でもなかった。気づいた時は、光の粒子は、すでに機内の外に抜け出て行った後だった。

「五月ちゃんのおばあちゃんだったみたいね」後ろの席の小夜ちゃんが言った。

「ええーっ。ほんと、あれはわたしのおばあちゃんだったの」

「うん。にこにこわらっていたよ。とても懐かしそうだったわ」

わたしの目から涙がぽろぽろとこぼれ落ち、とまらなくなった。おばあちゃんがわたしに会いにきてくれたのだ。感動の涙だったのだが、それと共に、この探検の失敗の無念さをいくらか慰めてくれる涙でもあったのだ。

大気圏に突入する間際で、わたしたちはニュートリノに変身し、どんどん下って出発場所の小柳小公園に降り立った。

二十

わたしは予定時間を2時間も遅れて家に着いた。お母さんがやきもきし、腹も立てて、わたしにお小言を言おうと待ち構えていた。

しかし、わたしが「ただいま」の一言も言わず、涙を流しながら玄関に立ったのを見ると何も言わなかった。

わたしはリュックを茶の間に置くとただちに自分の部屋に上がった。部屋は暑さがこもって蒸し風呂のようだった。でも、わたしはかまわずたたみの上に身を投げ出すと声を上げて思い切り泣いた。

無性《むしょう》に悲しかった。わたしは今回の旅行にかけていたのだった。ハンス・ミューラーさんは90歳を超える高齢なのだ。明日をも知れぬ命なのだ。ウェルターの心中を思えばのんびりかまえている時間はないのである。ウェルターは何も言わなかったが、今回の旅行を決断したのも、相当な覚悟をしたはずだった。今日別れ際に、ウェルターが肩を落とし、目にはうっすらと涙さえ浮かべていたのはその証拠だと思った。

お母さんが、わたしの部屋に入ってきて、「どうしたの。なにがあったの」としつこく尋ねた。わたしは泣きながら、「お友達のおじいさんの行方がとうとうわからなかったの」とそれだけを答えた。

「なんだ、そんなことなの」とお母さんは軽く受け流した。

お母さんは全然わかっていないのである。冷たい人なのであった。

「気が晴れるまで泣いたら降りていらっしゃい。今夜は、あなたが好きなハンバーグにしたからね」そう言ってお母さんは階下に降りて行った。落ち込んでいるときにハンバーグだなんて、なんとデリカシーのない人なのだろう。

わたしは、悔し涙（おばあちゃんに会えたうれし涙ももちろん含まれている）にくれているうち、旅の疲れがぐっと出たせいか、いつのまにか寝入ってしまっていた。

目が覚めると空調から弱く涼しい風が吹き出ており、わたしには薄い布団がかけられていた。レースのカーテン越しに窓に西日がさしていた。

茶の間に降りていくと、お父さんはもう帰っていて、夕刊に見入っていた。

「ずいぶん、遅くなったそうだな。人探しもうまくいかなかったそうだな」と言った。

わたしは目を合わせず、「うん」とだけ答えて飯台の自分の席に座り、つけっぱなしのテレビの画面に目をやった。

お父さんはそれ以上、旅行の報告を求めなかった。

「勇んで出かけたのに思い通りの結果が出ず、泣きたくなったんだろう」とお父さんは言った。

「その気持ちはわかるよ。お父さんだって、会社では設計がうまくいかなくて、毎日、そんな思いをしているんだ」

「毎日？」わたしが聞き返した。

「毎日は、大げさじゃありませんか」お母さんが料理を運んできたついでに笑いながら言った。

「毎日はおおげさだったかな。でも、そんな思いはたびたびしているよ。それが技術者というものだよ。いいアイディアなんてなかなか生まれないし、またそれが実際の製品に結びついて完成することもめったにないんだ。世の中のできごとなんて、うまくいかないことの方がはるかに多いんだよ。五月もいい勉強になったんじゃないかな」

「本当にそんなものなの？」わたしは尋ねた。

「ものによるけれどね。重大なできごとほどうまくいかないものなんだよ」

「そうなのかなぁ」

「しかし、そうだからといって何もしないのが一番いけない。どんなことでも、やってみることに価値はあると考えたほうがいいんだ」

「そうかなぁ」

「経験は蓄積される。そして、その経験はその分、その人間を賢くする、知恵がつくんだ。それはその人の財産の一部になる。それに、こんなこともある」お父さんは、そこで言葉を切って、さらに続けた。「大きなお金と長い年月をかけて、わかったことがほんとに小さいつまらないことに思えたこともあった。しかし、後で、実はそれがとても価値のある重要な発見だったことがあったんだよ」

「ふーん」

「だから、どんなことでも苦労して得たことはしっかり覚えておくことが大切なんだ」

わたしは、お父さんの話を今回の旅行に当てはめて考えてみた。わかったことといえば、ハンス・ミューラーさんが帰化して三浦半四郎になり、そして日本人のさやかさんと結婚したことだけである。それがはたして何かの足しになるのだろうか。

その夜、床に入ってわたしは小夜ちゃんを呼び出して対話をした。

「ウェルター、ずいぶん、がっかりしていたわね」とわたしが言った。

「うん。ハンス・ミューラーさんにはもう会えないもしれないとつぶやいていたね」

「ええっ、そんなこと言っていたの？」

「五月ちゃんには聞こえなかったのかしら、口の中でもぐもぐと。ウェルターはハンス・ミューラーさんとテレパシーか何かでつながっているみたいなのよ。ハンス・ミューラーさん、今、とても具合が悪いらしいのよ」

「それじゃ大変じゃないの。そんなことをつぶやいていたなんて、もっと早く言ってほしかったわ」

「あのとき、あなたはおばあちゃんに会っている最中だったからね」

あれがおばあちゃんの生命の源だったのなら、この旅行もやった甲斐があったというものだった。落ち込んだわたしを慰め、励ますために現れてくれたのだろうか。おばあちゃんは、多くの生命の源たちと宇宙をめぐって、いつかはまた、人間かほかの生きものになるのだろうか。そんなことを考えずにはいられなかった。

「ところで、小夜ちゃん、もう一度人間に生まれ変わってみたいとは思わない？」ふと、こんな質問がわたしの口をついて出た。このときだからこそ言えたことだったと思う。

「それは考えたり思ったりしてできることじゃないわ。でも、わたしはこのままでいいのよ。わたしのお母さん、お父さんは今でも毎日わたしのことを思い出してお祈りをささげてくれているわ。心の中では今もわたしは生き続けているのよ。それに、わたしの弟や妹もそのうち生まれてくるはずだし、わたしはそれをずーっと見守っていたい気持ちなの」

「ふーん」

「五月ちゃんだって、いつまでもわたしのことを覚えていてくれるでしょ」

「それは自信を持って断言するわ」

「そうでしょ、だからわたしはそれでいいのよ」

「でもね、いつか、ふっと、人間になりたくなって、かなわなかった夢を実現したくなったとしたら、そのときは遠慮なくこの世に戻って来てほしいわ」

「そうね、そしてそのとき、また、五月ちゃんに会えたらどんなにいいだろう」

わたしはまどろみ始め、目がトロンとなってきていた。

「もし生まれ変わったら、そのときはわたしに小夜ちゃんだとわかるサインを送ってね。そうしないとわからないもん……」わたしはそんなことを言った覚えがある。

それから、わたしは、夢の中に入った小夜ちゃんと、いろいろおしゃべりをしたはずであった。しかし、わたしは翌朝、目が覚めると何も覚えてはいなかった。

二十一

おなかがすいたなぁと思いながら、階下にいくと、お母さんは茶の間で洗濯物をたたんでいた。

「おはよう」と声をかけると

「もう、早くはないよ」とお母さんに言われた。「時計を見てごらん、もう、午後の4時なのよ」

「ええーっ、午後の4時。どうしてもっと早く起こしてくれなかったのよ」

「何、言ってるの。何度も何度も起こしたのよ。でも、あなた、うなっているだけで起きようとしなかったじゃないの。それだけあなた疲れていたのよ」

こう言われるとわたしには返す言葉がなかった。

早く起きて、真泉神社に出かけて、ウェルターの労をねぎらいながら、ハンス・ミューラーさんを探す次の手立てを相談しようと思っていたのだ。

「とにかく、おなかがすいたわ。何か用意してね」

「はいはい、トーストとミルクとハムエッグでいいわね。まったく、今日は昨日とは別人ね」

とお母さんは笑って立ち上がった。

おなかを満たすとわたしは、つば広の日よけの白い帽子をかぶって家を飛び出した。ウェルターが首を長くしてわたしを待っているに違いなかった。

行く道々の景色が以前と違って見えてしようがなかった。

今は、こんなに住宅がすきまなく建て込んでいるが、おじいちゃんの若いころには、案山子が方々で手持ち無沙汰に立っているだけののどかな田んぼ風景が広がっていたのだ。この先、わたしがおばあさんになるころにはここはどうなっているんだろうか。そんなことも考えた。

神社に着くと、思った通り、ウェルターは左の狛犬の頭のところでしょんぼり座っていた。それはロダンの彫刻『考える人』のポーズだった。

「もっと早く来るつもりだったんだけど、寝坊しちゃったのよ、ごめんね」とわたしは言い訳をした。

ウェルターは目を上げ、わたしを見て黙ってうなずいた。

「元気を出しなさいよ。そして、これからのことを一緒に考えようよ」

「そうしたいんだけど、ぼく、体に力が入らないんだ」

「放送局に連絡して、三浦半四郎さんをさがしてもらうことにしようか」わたしは思いついたことをすぐ口にした。

「そんなことできるかなぁ」

「やってみなくちゃわからないよ。できることは何でもやってみようよ」

わたしには、昔から自分のことを棚に上げて、元気のない人を見ると急に強気になって、変にその人を励まそうとするおかしな癖がある。いま、わたしはそんなふうになろうとしていた。

これもなんのことはない、そうすることで自分で自分を奮い立たせているにすぎないのだが。

ちょうどそのときだった。通りの方から、小走りに走る靴音がして、そちらに目を向けると、例のおばあさんが鳥居をくぐって神社に入ってくるところだった。

「あっ、また来た、やばいな」とわたしは思った。

おばあさんは息を切らせてわたしたちの前に走りこんだ。

わたしはすかさず、「今、取り込み中なんですけど」と告げた。

「その通りなのよ。だから、わたし、急いできたんです」おばあさんが息せき切って言った。

「えっ、それはこちらの話なんですけど。あの話、また今度にしていただけませんか」とわたしは丁寧な口調で断ろうとした。

「緊急事態なのよ。この前のお願い、すぐに実行していただきたいわ。今、病院から連絡が入ったんです」

このとき、わたしは初めて気づいたことがある。それはおばあさんの服装の異常さであった。おばあさんは、若い女性向きの大きな花柄のど派手なワンピースをお召しになっていたのである。そして、高級そうな革製のハンドバッグも提げていらっしゃった。

「わたしの主人の容体が急変したというの。だから、病院に駆けつけなければならないんですの」

「でも、それとおばあちゃんの変身と何の関係があるんですか？」わたしが尋ねた。

「あなたは案外《あんがい》察しの悪い子ね。わたしの主人が、前々から、今一度、わたしの若いころのはつらつとした美しい姿を見てみたいと言っていたのよ。だから、あなた方にお願いしているのじゃありませんか。それぐらい想像がつきそうなものだわ」とおばあちゃんはまくしたてた。

怒っているのか悲しんでいるのか、わからない複雑な表情をしていた。

「あなた、すぐやってくれるわね」ウェルターをにらんでおばあさんは決めつけた。そして、わたしの方に向き直ると「あなたは、通りに出てタクシーを捕まえてちょうだい、それぐらいできるでしょ」と命令した。

「あのー、ここ、めったにタクシー、通りませんけど……」わたしは控え目に言った。

「何をのんきなこと言っているの。わたし、ここに来る前になじみのタクシー会社に電話をしたのですよ。至急、真泉神社の前まで来るようにってね」

「ああ、そうだったんですか」

おばあさんは準備万端おこたりなかったのだ。

わたしはすぐ、通りまで参道を駆け下りた。それと、富士タクシーの車が通りかかったのとほぼ同時だった。

わたしは手を振って「ここです、ここですよ」と大声で叫び、ジャンプもして知らせた。

行き過ぎたタクシーは2、3メートルバックして、神社の丁度前に来て停止し、すぐに自動ドアが開いた。と同時に、神社から目の覚めるような美しい女の人が躍り出てきた。いったいだれだろうと思うと、それが変身したおばあさんなのだった。わたしは目を疑った。若い頃こんなにきれいな人だったのか。

「ああ、ご苦労様」おばあさんは玉を転がすような高めの美声で運転手に声をかけた。

「さぁ、あなたたちも乗るのよ」と変身おばあさんは言った。

「えっ、わたしたちも乗るんですか」

「当然でしょ。あなたたち、恩人なんだから。また、魔法が途中で解けたら困るじゃないの。そのための人質でもあるのよ」

うむを言わせないおばあさんの勢いに圧倒されて、わたしもウェルターもそれに従うしかなかった。

「石引町の飛梅病院ですよ。わかっているわね」と運転手に言うと「わかっております、奥様」と若いハンサムな運転手は答えた。

「さてと……」おばあさんは、ハンドバッグから手鏡を取り出して自分の変身を確かめたのち、今度はスマホを取り出した。

わたしはおばあさんの若い横顔から目が離せなかった。長いまつげ、大きな二重まぶたの目、つんと高い鼻、形のいい小鼻、薄めで大きめの唇。化粧はしていないがなんという美しさだろう。本当にこれがあのおばあさんなのだろうか。

「ああ、飛梅病院ですか。わたし、先ほど連絡いただいた三浦でございますけど、主人の容体、その後どうなんでしょうか」

このことばの中に、とても大事な一言が含まれていることにわたしはまだ気づいていなかった。

「えっ、三浦と申しているでしょ。わたくし、三浦半四郎の家内でございますよ」

そこでわたしは初めて気づいた。

「ああ、少し、そうですか、今は落ち着いているんですね。少し安心いたしました。すぐ参りますわ」

前の運転席の背もたれでわたしと差し向かいに座っていたウェルターが皿のように目を見開いてわたしを見ていた。あまりに驚いて声が出ないのだ。

「あのー、おばあさん、もしかして、お名前、三浦さやかさんとおっしゃるのではないですか」

わたしはすかさず確かめた。

「ええ、そうよ、あら、まだ名乗っていなかったのかしら」おばあさんはすずしい顔で答えた。

「そして、ご主人はもとドイツ人のハンス・ミューラーさん……なんですか」

「あら、よく、ご存じね。その通りですよ」

「やったぁーっ」わたしは思わず大声を張り上げた。

おばあさんがきょとんとしてわたしを見つめ、運転手は急ブレーキを踏みそうになって、「あぶねぇなぁ、びっくりさせないでくれよ」と文句をつけた。

そして、ハンス・ミューラーさんとウェルターとの感動の対面となるのだが、ここに、おばあさんが側に控えていただけに、ただ涙、涙というわけにもいかなかったのである。

わたしの見た範囲でこの後の経過を再現してみることにする。

飛梅病院は金沢の小立野台、石引町にあり、古い診察病棟と新しい入院病棟とからなっていて、受付は旧病棟の一階にあった。面会者はその受付で名前と面会時間を用紙に記入する必要があった。

しかし、受付にいた看護師さんはおばあさんを見ると、すぐに新館に行くよう手招きした。そこでわたしたちは、中央廊下を駆け抜けて突き当たりの9人乗りのエレベーターに駆け込んだ。おばあさんは、顔だけじゃなく、体も若返っていたのできびきびとして、身の動きもすごく速かった。おそらく『ここは病院です、走るな！』という張り紙が廊下にあったとしても眼中になかったことだろう。

そしてわたしたちはじりじりしながら四階まで上がり、エレベーターのドアが開くと、おばあさんは真っ先に飛び出した。そして、わたしが続いた。

ウェルターの様子がおかしいと思ったのはこのときだった。

遅れているウェルターを振り返ると、顔がこわばっていた。

「どうしたのよ」

「ぼくはどんな顔して会ったらいいんだろうか」

「何だって……」わたしは声を荒げた。

「78年間探し続けてついに会えるんだよ。ミューラーさんに、どう、あいさつしたらいいんだろうか」

「いまさら、何を馬鹿なこと言っているのよ。自然にふるまえばそれでいいじゃないの。ご無沙汰していますとか、お久しぶりですとか言えばいいじゃないの」

「でも、ぼくは前に会ったかどうか、それも覚えがないんだ」

「そんなはずはないと思うわ、会っているはずだわ。でもさ、もし会ってないんだったら、はじめましてと言えばいいのよ」

「そうか、そうだね。五月ちゃん、そばでぼくを見守っていてくれるよね」

わたしは、正直、ウェルターがこんなに気の小さい男の子だなんて夢にも思わなかった。

「しゃんとしなさいよ、しゃんと」とわたしは言ったが、これはお母さんの口癖そのものだった。

病室は401号室だった。

ドアは開け放されていた。入り口に立って中をのぞくと、2人の看護師さんがそばに立つベッドの脇に三浦さやかさんがうずくまって、ご主人の手を握っていのるような姿勢で何か話していた。

「いつまでも愛しているわ、あなた」

「僕《ぼく》もだよ。最後に、君の美しいまぼろしを見ることができて、僕《ぼく》は本当にしあわせだよ」

「これ、まぼろしじゃないのよ。現実なのよ」三浦さやかさんが言っている。

「この期に及んでそんな冗談はいらないんだ。僕《ぼく》に合わせてくれて君はなんてやさしい人なんだろう」

ここでお断りしておかなければならないのは、半四郎さんの言葉はこのようにはっきり聞きとれるものではなかったということだ。わたしなりに、精一杯、想像をたくましくして表現しているのである。

「徹《とおる》ももうすぐ駆けつけて来ますよ」

「息子に連絡したのか」

「ええ、だから気をしっかりもってがんばってちょうだいね」

それから、わたしとウェルターは病室にそっと入って、数種類のモニター画面に数字やグラフが映っている器械装置のそばに立った。

ほりの深い半四郎さんの寝顔の一部がそこから見えていた。

「だれか入ってきたようだな」半四郎さんが言った。

「今日、お世話になった子供たちが来ているの」

「そうかい……」

半四郎さんの視線が流れてわたしたちの方にチラッと向けられたように感じた。

その瞬間のことだった。半四郎さんの体がぴくっと痙攣したように思え、急に体を半分起こした。重病の人にそんな動きができるなんて信じられなかった。2人の看護師さんもびっくりして半四郎さんをみつめている。おそらく、向こう向きの三浦さやかさんだってそうだっただろう。

「そこにいるのは、もしかしてマックスじゃないのか」部屋の中に半四郎さんのしわがれた声が響き渡った。そして、一瞬にして、半四郎さんのしょぼしょぼした目から大粒の涙が溢れ出した。それはとめどもなくとめどもなく次から次へと溢れ、やせこけたほおを伝った。

「兄ちゃん」と言って歩み寄ったのはもはやウェルターではなかった。ウェルターは変身していた。つまりもとの人間、金髪の幼いかわいい男の子に変わっていたのである。でも、それが生身の人間ではないことは、頭の先に光る生命の源が光り耀いていることで明らかだった。

「お前、生きていたのか。いや、それより、これは夢じゃないのか。いや夢でも何でもいい、こうして会えるなんてなんという幸せだ。奇跡だ」

「(兄ちゃん、会いたかったよ。ぼくはどうしても会いたかったんだ)」これは実はドイツ語だった。おそらく、日本語に訳せばおそらく、こうなるだろうとわたしは思うのだ。

2人はしっかりと抱き合った。半四郎さんの目から流れ出る涙はまだ止まらなかった。

この光景が看護師さんに、そしておばあさんに見えていたかは疑問である。なぜなら、おばあさんにかけた魔法はいつのまにかとけてしまっていたからだ。つまり、三浦さやかさんは元の品のいい白髪のおばあさんに戻ってしまっていたし、2人の看護師さんも瀕死の病人がベッドの上で不自然な姿勢をとっていることに目を奪われ、それにどう対処したらいいのかさっぱりわからないという顔をしていたからだ。

そのとき、廊下の方から人の声が聞こえてきた。

「なにぶん、お年ですからな。ここまで本当によくがんばられましたよ」

「そうですか。わたしも覚悟はしていたのですが、とにかく、心安らかな最期をと願っているのです」

2人の男の人が病室に入ってきた。1人は白衣を着た年配のお医者さんらしい人で、もう1

人は50歳前後の整った顔立ちの背の高い紳士だった。

紳士は半四郎さんをみるなり、「あ、お父さん！　そんな無理なかっこうをして、大丈夫なのですか？」と呼びかけ、母親のそばに駆け寄った。

お医者さんは病人を見るなり「これは……」と一言だけ言って絶句した。

「三浦さん、急に元気に起き上がられました。院長先生、これはどうしたことなのでございましょう。わたしたち、どうしたらよろしいのでしょうか」と看護師の1人が指示を求めた。

「ふーむ、とても、信じられん」院長はなかば青ざめて見守っている。

半四郎さんは息子さんの呼びかけにも応じず、幼い弟と抱き合ったまま何も言わなかった。

わたしはこの一部始終を脇からじっと眺めていた。

ウェルターの正体が何だったのか、そしてなぜ、あんなにハンス・ミューラーさんに会いたがっていたのか、そのなぞが一瞬のうちに解けていた。

わたしは泣かなかった。前から、こうなることがわかっていたように思えて、いつぞやの堀さんの言葉じゃないが感慨無量だった。よかった、よかった、と何度言葉を重ねても、言い足りなかったのだ。

「こんなこともあるんですな。先ほど、わたしは危篤だ、と申しましたが、撤回《てっかい》させていただきましょう」と院長先生は息子さんに言い渡した。

三浦さやかさんがいつ、もとの自分にもどっていることに気づいたのかは定かではない。自分の声の変調に気づき、何度か咳払いをしたときがあったが、おそらく、あのときだったのではないだろうか。しかし、魔法の再現はもはや要求しなかった。

ようやく冷静になれたのか、おばあさんは部屋の隅に立っているわたしに気づくと、歩み寄って来た。

「あなたには本当にお世話になったわね。いずれ、お礼にお宅に伺うわ。今日は息子にあなたを家まで送らせますからね」と言った。

こうして、数分後、わたしは息子さんのお車、ベンツの助手席におさまっていた。

「なんだかわからないけど、母がとても、お嬢さんにお世話になったようで、わたしからもお礼をいいますよ」と息子さんは言った。香水のいいにおいが車内に漂っている。

「ところで、母は、なぜあんな昔の娘時代のワンピースなんかひっぱりだして着ていたんだろう。まったく、非常識もはなはだしい。いったいいくつのつもりなんだ」と不満そうにつぶやいた。

わたしは黙っていた。

「ひとまず、父が元気を取り戻してくれてよかったですよ。でも、父には、生きている間に達成したいもう一つ、最大のこだわりがあるんですよ。今さらどうにもならないことですがね」としんみりと言う息子さんの目から一筋の涙が流れ落ちた。

「それは、何ですか」

「父はユダヤ人で、戦前にナチスから逃れて日本に来たんですよ。両親が必死の思いでドイツから送り出したんです。自分たちが犠牲になって、2人の息子を生き延びさせるためにね。だけどちょっとした手違いが生じて、弟は船に乗れなかったんですよ。幼い弟と別れ別れになってしまったんです」

わたしは太郎茶屋での大友さんの話を思い出していた。

「日本に来る船の中で父はあるとき、それは、後に『水晶の夜』と呼ばれる日だったと知ったらしいんだが、弟の死を身近に感じたんでしょう。そのとき、船旅で仲良くなった日本人の青年が、『そんなことは信じちゃいけない、将来いつか必ず会えるんだから』と励ましてくれたんだそうです。父は、今でも、その言葉を信じているんですよ。これだけは実現させてやりたかったなぁ」息子さんは2筋目の涙を流した。

「そのお話なら、もう願いはかなったのではないでしょうか」わたしはそう言わずにはいられなかった。

「いやぁ、もうだめですよ。いまさらどうしようもないですよ」

「後でお母さんに聞いてみてください。きっと、実現していますよ」

息子さんはチラッとわたしを見てさびしく笑った。

「君は、変なことを言う子だなぁ」

夕暮れの大通りの街灯が一つひとつ次々に灯り出していた。家路に向かう人々の数もすっかり減って、町全体が、どこか今日の名残りを惜しんでいるように見えた。

前方に見慣れた青い看板がいやにくっきりと見えてきた。

「あそこのコンビニの前で停めていただけませんか。わたしの家、すぐそこですから」

「いや、お宅までお送りしますよ。君のお父さん、お母さんにも一言ごあいさつを申し上げなければなりません」

「いいえ、本当にいいんです。うちの両親、何も知らないんです。かえって戸惑うと思いますから」

「そうですか。それは残念だな。ではそうさせていただきましょうか。お嬢さんのお名前は
堀川五月さんでしたね」

「はい」

「今日は本当にありがとう。助かりました」紳士は残念そうに言った。

車を降りて、わたしはコンビニの広い駐車場を縦断してわき道に入った。その辺は住宅が立て込んでいて、それらの屋根のシルエットの向こうに、まだ赤みを帯びた西の空が見えていた。風はなく、昼の熱気がまだ濃く付辺に漂っていた。人の姿はなかった。

「小夜ちゃん」わたしは声に出して呼んでみた。

しかし、もはや、小夜ちゃんは現れず、応える声もなかった。ウェルターの魔法は解除されていた。わたしは急にものすごく寂しい気持ちに襲われた。わぁわぁ、声をあげて泣きたかった。でもこらえた。そんな馬鹿みたいな様子を他人に見られたくなかった。それでも、にじみ出てきた涙がこぼれないように、わたしは、星がまたたき出した空を見上げながら家の方へ歩いていった。

二十二

三浦半四郎さんの亡くなったことが、新聞のお悔やみ欄に出たのはちょうど1週間後のことだった。

家族葬で見送ったと一言、付け加えられていた。

そして、そのあくる日の午前、三浦さやかおばあさんが大きな菓子折を持って我が家を訪ねてきた。しかし、それは、お母さんが作ったちらし寿司をおじいちゃんに届けるために、わたしが家を出た直後のことだった。

だからこのやりとりも、お母さんから聞いた話をもとに再構成したものである。

「五月さんにはこの度並々ならぬお世話にあいなりまして、主人は3日前に心安らかにあの世へ旅立ちました。本当にありがとうございます。これはほんのお礼のお印でございます」

「わたしども、娘から何も聞いておりませんが」とお母さん。

「そこが、お嬢さんの奥ゆかしいところでございます。本当に見上げた娘さんですわ」

「でも、わけもわからずに、このようなお品、受け取るわけにはまいりません。わけをお聞かせくださいませ」

「わたし、今年90歳になるのでございますが、お恥ずかしいことに、軽度の認知症をわずらっておりまして、昨日今日のできごとはそのほとんどを忘れてしまい、頭に残っていないのでございます」

「それじゃあ、何か勘違いなさっているのではございませんか」

「いいえ、そんなことは絶対にございません。五月様からご恩をたまわりましたことだけは鮮明に覚えているのでございます。決して間違ってはおりません」

「はぁ……」

「いずれ、道でお嬢様をお見かけした折には直接お礼を申し上げる所存ですが、今は、この品、どうかお納めくださいませ」

そして、三浦さやかおばあさんは菓子折をお母さんにおしつけるようにして帰っていったのだという。

わたしはその晩当然のように、お父さん、お母さんから質問を浴びせられた。わたしはだまっているわけにもいかず、問われたことについてあれこれと説明したことはいうまでもない。そうして、先のわたしの黒穴旅行も、三浦半四郎さんが78年ぶりに弟と再会できたことに関係していることとして明らかにされた。

「高齢のお年寄り2人が抱き合って78年ぶりに涙の再会を果たすなんて、どんな光景だったのだろうか、ちょっと見てみたかったなぁ」聞き終わってお父さんは自分勝手な想像を楽しんでいた。


ウェルターこと、マックス・ミューラー君からは、何の音沙汰《おとさた》がなかった。これでおしまいとも思えなかったが、考えてみると、魔法の力を失ったウェルターにはわたしに連絡を取ろうとしてもその手段がないのだった。

「ウェルターも望みがかなったのだからもうこれでいいんだわ」と1人納得しかけていた日の真夜中、突然、ウェルターがわたしの夢の中に現れた。

夢って、普通はその人が気にかけていることをみるものだと、どこかで聞いたことがあるんだけど、今回は事情が少し違うと思う。

「今すぐ起きて、窓を開けて、外を見てごらん」と夢の中のウェルターがわたしに言うのだった。

枕もとの目覚ましはちょうど深夜の午前1時をさしていた。前方の窓が月明かりでボーっと青白くかすんでいた。こおろぎのせわしない鳴き声が聞こえていた。

わたしは跳び起きて、戸を半分開けた。月がこうこうと照っていた。窓を全開にした。通り向こうの谷口さんの家の屋根瓦が月明かりににぶく光っていて、玄関先にある1本の松の木が、枝をくねらせてマントを羽織った人影に見えた。

「何にもないじゃん」

と思ったとき、その松の木の葉がこんもりと繁っているあたりに蛍がいて点滅していた。梢の方に2匹、そしてやや下の方にも1匹いた。

「蛍って水っ気のあるところにいるものじゃなかったっけ。へんなの…」そう思って、わたしは上の蛍を注視すると、それは蛍ではなかった。あの例の七色が入り混じった不思議な光の生命の源なのだった。そして、目をこらしてよく見ると、上の方の一つにまぎれもなくウェルターの姿が認められた。それはマックス・ミューラーの坊やではなくウェルターだった。

微笑んでさかんにわたしに手を振っている。ただ黙って笑って手を振っていた。だけど、それだけでウェルターの気持ちがひしひしとわたしに伝わって来た。

「ありがとう、君のおかげで願いがかなったよ。そして、今夜はお別れに来たんだ」これよりほかに伝えることとあっただろうか。わたしも懸命に手を振って応えた。

やがて、上の二つの光が松の木をふわっと離れると上昇し始めた。ゆっくり、ゆるやかにらせんを描いて、舞うように上がっていく。それに遅れて、下の方の生命の源もあとを追い始めた。

わたしはその様子をまばたきもせずに目で追っていた。

星がいっぱいまたたく夜空に完全に吸い込まれてしまうまでわたしはそれを見送った。

夜寒にぶるっと体が震えたときにわたしはわれに返った。

そしてそのとき思った。2人の後を追って行ったのは、もしかしたら小夜ちゃんではなかったのかしらと。でもそんなはずはない。小夜ちゃんはお父さん、お母さん、そして、生まれてくる弟か妹をずっと見守りたいと言っていたのだから。

しかし、心変わりをしなかったとは言えない。わたしにあんなことを言った手前、バツが悪くて姿を見せなかったのじゃないかしら、とも思う。

そんな思いを胸にしまってわたしはまた寝床にもぐりこんだ。

二十三

夏休み中に、わたしは2冊の本を読んだ。1冊は言うまでもなく『アンネの日記』だった。そしてもう1冊は、ルーマニア生まれの14歳のユダヤ人の少女、アン・ノヴァクが書いた日記だった。

追加の1冊は、市立図書館で『アンネの日記』の貸し出しを申し出たとき、司書のおばさんが、「こんなのもあるよ。よかったら読んでみたら」と紹介してくれたものだった。

アンネ・フランクの方は隠れ暮らしが終わったところで日記は中断してしまうが、アン・ノヴァクの方は、強制収容所の苦しい生活を必死に綴ったものだった。そして、アンは戦後も無事に生き延びたのだった。だから、強制収容所に収容されてからのアンネの暮らしぶりが幾分か想像できるのだ。

両方とも、わたしにとっては難しすぎるところがあり、だいぶ苦労して読んだが、読み終わってみると、考え込んでしまった。そして、司書のおばさんがもう1冊をすすめた理由がわかるような気がした。これらは単に、こんなかわいそうな話があったのだと、同情を寄せる内容の本ではなかったのだ。今から、100年にも満たない以前の20世紀にもなっておよそ600万人にも及ぶユダヤ人たちが無惨に殺されるなんて、この世はどうなっているのだろうか。人間の歴史ってなんなのだろうかと考えざるをえなかった。

読み終えた日の夕刻、わたしが黙りこくっているものだから、「どうしたのか」とお父さんに聞かれた。わたしはポツリポツリと本の内容について語った。

お父さんは急にまじめな顔になって話し出した。

「人間の歴史をたどると、戦争を初め、ひどい出来事がたびたび起こっている。中には信じられないくらい悲惨なものもある。アンネ・フランクたちの場合はその一つだ。だからといって、人間は、初めから絶望して生きるわけにはいかない。それを乗り越えて生きてきたのが人間だし、これからもそうしなければならないだろう。そして、その一方で限りなく美しいもの、すばらしいものが世界にはたくさんある。大自然が生み出したもの、あるいは人が努力して作り出したいいものがたくさんある。わたしたちはそれらに触れて感動する心を持っている。ここが大切なところだな。しかし、一つ、忘れてはならないことがある。人間の広い心の片隅には、暗い不気味な部分も確かにあるんだよ。そして、よこしまな一部の人間が、それにささやきかけ、さそいかけて自分の悪だくみを実行しようとしているのも事実だ。これに同調しないためにはどうしたらいいんだろうか。ものごとを自分でしっかり考え、判断する能力を養うしか方法はないとお父さんは日ごろ思っているんだ。そういう意味で、五月はこの夏、大きく成長できたのではないのかなぁ」そしてちょっとおだやかな表情に戻ると「昔、一緒にＤＶＤで見た『ローマの休日』という映画を覚えているかな。あの映画のヒロインを演じたオードリー・ヘップバーンという女優はアンネ・フランクと同じ年に生まれたんだよ」と付け加えた。

長いようで短い夏休みが終わった。今年のわたしの自由研究は最悪だった。やろうとするものが見つからなかったのだ。ブラックホール体験記はわたしには手にあまるもので短期間に書けるものではなかった。休みが残り1週間になって、お母さんのアイディアも借りてようやく出来たのが『ピザの大研究』である。きゅうりやスイカ、うめぼし、キウイフルーツやバナナをほうりこみ、そしてカレー粉、みそやしょうゆで味付けするとピザはどんな味になるのかということをやったのだが、いかにも付け焼刃《やきば》でとても誇れるものではなかった。恥ずかしくて、クラスのみんなに聞かれても言えなかったのだ。

高部直樹君と宮本健二君の自由研究のことにもここでちょっと触れておこう。

高部君が休み前に意気込んでいたのは、これも、大声では言いたくないが、『うんこの研究』

だった。誕生日にお父さんからプレゼントされた高級な顕微鏡を使って、人が食べたものが最後にどんな形になって出てくるのか、あるいは、大腸菌とはどんなものなのか、実際に見てみたかったのだという。それで家族の協力をあおいだのだが、おばあちゃんとお母さんの猛烈な反対に会い、また、相談した保健室の塩谷先生にも、「アイディアはおもしろいけれど、衛生面には気をつけなければならないし、家族の協力が得られないなら無理じゃないかしら」と言われて断念したのだそうだ。結局、おばあちゃんの聞き書き『太平洋戦争の戦前戦後の暮らし』になったのだが、図書館で調べてみると、こういう本は山のようにあり、改めてやることはなかったのだと気落ちしていた。

一方、宮本健二君の自由研究はとても評判がよかった。金賞は3点選ばれたのだが、そのうちの一つに入った。

それは『「ねこはなぜ散歩しないのか」の研究』という長ったらしい題名のもので、自分の家の3匹のねこを使った体験とそれを通して考えたことを綴ったものだった。中でもおもしろかったのは、猫君が、思ったように前進しようとしないので、長い棒の先にアジのヒラキをぶら下げて誘おうとしたのだが、やはりうまくいかず、たまたま上を飛んでいたとんびにそのアジを横取りされたというところだった。職員室でも先生たちが大笑いしたのだそうだ。

そして、実験を通して健二君が出した結論は「ねこは自由が好きな動物なのだ。犬と違って猫はしっかりした信念を持っているのである」ということだった。

「これ、本当に自分で考えたことなの」とわたしはしつこく健二君に聞いた。すると、塾の先生の考えもちょっぴり入っていることを白状した。わたしが思うに、実際はたくさん入っているのだと思う。

夏休みが明けて最初の日曜日の昼下がりのことだった。

「ねえ、高部屋に行っておやき、買ってきてくれない」お母さんがわたしに言った。

「どうして?」と聞くと、「秋になると、むしょうに食べたくなるのよね。それに、おじいちゃんが後でここに寄るというからさ」

「わかったわ」と応えてわたしは家を出た。

そして行く途中のこと、真泉神社の前で、三浦さやかおばあさんと鉢合わせした。病院で会って以来のことだった。どんなに丁重なお礼をいわれるのだろうかと、内心どきどきした。わたしはいつも以上に元気よく「こんにちわ」と声を張り上げた。しかし、おばあちゃんは知らん顔をしていた。どうなっているんだろうと思った。ところが40、50メートル進んだころだったろうか、おばあさんは後からしきりにわたしの名前を呼びだした。わたしは振り向いて手を振ってあげた。

高部屋ではおやきと葛餅を含めて15個の和菓子を買った。

高部君のお母さんがニコニコ顔で「よく来てくれたわね。お母様によろしく言ってね」と言った。

その直後、家の奥のほうで赤ん坊の泣き声がした。

「赤ちゃんがいるんですか」と言うと

「わたしの妹が、生まれたばかりの赤ちゃんを連れて里帰りしているのよ」と言った。

右手の細い通路から赤ちゃんを抱いた女の人が現れた。女の人は、どことなく高部君のお父さんに似ていた。

「お姉さん、この子、さっきからぐずってばかりいるんだけどどうしたのかしら」

「あら、そう。ちょっとわたしに抱かせて」

高部君のお母さんが赤ちゃんを受け取ると、なれた手つきで揺らし始めた。赤ちゃんはたちまちのうちに泣き止んだ。

「お顔、見せてもらえませんか」わたしが言った。

「ええ、どうぞ」とわたしの方に赤ちゃんの顔をさし向けた。

毛が薄いがまるまるとした元気そうな赤ちゃんだった。

「わぁ、かわいい坊やですね」わたしは思わず言った。

「これ、女の子なのよ」

「えっ……」いらんことを言ってしまったなと思った。

「でも、かわいいなあ、お名前は？」

「『さよ』というの、生まれて一週間目なのよ」と妹さんが言った。

「えっ、さよちゃん。どんな字なんですか」

「小さな夜と書くのよ」

わたしはまた「えーっ？」と言いそうになったが、それをやっと飲み込んだ。

「その名前、僕《ぼく》は反対なんだけどね」突然そばで声がして、そちらを見ると、いつのまにか、直樹君が立っていた。

「直樹にはそんなこと言う権利なんてありませんよ」と高部君のお母さんが直樹君をにらんでたしなめた。

機嫌がよくなった赤ちゃんは妹さんの腕に戻った。

「もう一度、見せてくださいませんか」わたしは妹さんに頼んだ。

「はい、どうぞ。しっかり見てやってちょうだい」

わたしは赤ん坊の顔に神経を集中させた。どこかに何かのしるし、つまり生まれ変わりのサインがないだろうか。そんな思いで懸命に目を凝らした。

しかし、何もなかった。ほんのり赤く、やさしげで、のほほんとしていて、満ち足りた表情だけが印象的な赤ちゃんだった。でも、これって、どんな赤ちゃんにも共通するものではないのだろうか。

「また会えて、よかったわ、小夜ちゃん」このとき、不意にわたしの口から出た言葉がこれだった。

それを耳にした赤ちゃんはわたしをチラッと見てキャッと声を上げ、にこっと笑った。

おわり

あとがき

面白い物語を書こうと私は思いました。

でも、その前に『面白さ』とは何だろうと考えました。

大昔、私が高校生のころ、友人と議論を交わしたことがありました。

「驚き、つまり意外性ではないかと思うんだ」と私は言いました。

「ある評論家は共感・共鳴することだと述べているぜ」とその友人は言いました。

「なるほど、確かにそうだなぁ」と私はうなずきました。

しかし、後で、共感・共鳴だけでは何か物足らないような気がしました。やはり、驚き、意表をつく何かがほしいなと思いました。江戸川乱歩やコナン・ドイル、松本清張を好んで読んでいたその頃の私はこんなふうだったのです。

その後、デュマの『モンテ・クリスト伯』、トーマス・マンの『ヨセフとその兄弟』、トルストイの『アンナ・カレーニナ』にひどく感動しました。他の数多くの外国の小説にも感銘を受けました。日本の小説では『吾輩は猫である』と『細雪』が特に好きでした。

さらに映画からも大きな影響を受けたと思います。

その結果、『面白さ』とは一面的なものではなく、いわば多面体的なものであることが分かってきました。つまり、いろんな要素を含み、それらが渾然一体となったものであり、私は、それが一番いいと思うようになったのです。

後は空想を思いっきり羽ばたかせればいいのだと私は考えました。

ところが、ここに大きな壁が立ちはだかっているのに気付きました。それは常識です。その常識とは科学や宗教による制約のことです。これらからは絶対に逃れられないものに思えました。だから、その枠内で創作するのも一つの方法であるわけでした。

でも、最初に私が企図した、ただ面白いものを書くのなら、その常識を取っ払った方がよいのではないかと考え直しました。なぜなら、自分の気持ちが解放されることが何より大事だと思ったからです。そして、ファンタジーなら、これが可能ではあろうと考えたのです。

そこで、『ウェルターとわたし』は、ファンタジーとしてまず「いのち」とは何かを自分流に定義し直し、「光より速いものは存在しない」とするアインシュタインの相対性理論は無視することにしました。

この大胆で無謀な想定がこの物語を貫いていることは読み終えた方なら既にお気付きの通り

です。

私のやり方に納得できない方には深くお詫びをしたいと思います。

こうして自分が楽しむために創作に着手したのですが、いざやってみると楽しいだけではありませんでした。楽しさ半分苦しさ半分というところでした。

そして何度も何度も読み直し書き直しているうちにできあがったのですが、この作がいいのか悪いのか、自分では判断できなくなってしまいました。

ただ、誰かに読んで頂きたいという気持ちだけが日増しに強くなって参りました。

その結果がこの本なのです。

あとがきとしてありのままを述べました。

どうか、よろしく御判断のほどお願い申し上げます。

叶　俊平

著者略歴

叶 俊平（かのう しゅんぺい）

1945年金沢に生まれる。
金沢大学工学部卒業
５年間の会社勤めを経て42年間、開成塾（学習塾）を主宰した。

ウェルターとわたし

2024年５月21日　　初版発行

著者　　　　叶　俊平

発行・発売　株式会社三省堂書店／創英社
〒101-0051　東京都千代田区神田神保町1-1
Tel：03-3291-2295　Fax：03-3292-7687

印刷／製本　株式会社平河工業社

ISBN 978-4-87923-253-3　C0093